찔레꽃머리

찔레꽃머리

1판1쇄 발행	2021년 8월 30일
지은이	손정란
발행인	이선우
펴낸곳	도서출판 선우미디어

등록 | 1997. 8. 7 제305-2014-000020
02643 서울시 동대문구 장한로 12길 40, 101동 203호
☎ 2272-3351, 3352 팩스: 2272-5540
sunwoome@hanmail.net
Printed in Korea ⓒ 2021. 손정란

13,000원

ISBN 978-89-5658-676-2 03810

찔레꽃머리

손정란 수필집

선우미디어 sunwoomedia

작가의 말

글품쟁이로 사노라니 늘 생각이 아궁이 같다. 덜어내고 싶었던 글월도 감추고 싶은 낱말도 새롭게 보니 빛나거나 아니거나. 군손질이 부끄러워 가리산지리산하거나. 글이 잘 써지지 않았던 날도 넘치던 기운도 간데족족 들썽거리던 마음도 그랬다. 글쓰기는 나의 기록이니까.

싸리비로 마당 빗질하고 대청마루 닦으며 스무 해쯤 곰파다 보니 조금씩 나를 갈닦으면서 이렇게 살고 있구나, 여긴다.

누리그물 속 한글 묶음 그릇에 시울나붓이 담아 둔 글을 두세 번 날려먹고 우두망찰하다가, 보도시 붙들고 앉혀 두 번째 수필집을 엮는데 기꺼이 미쁜 손을 내밀어준 도서출판 선우미디어 이선우 사장님에게 고마움을 전한다.

이천이십일 년 타오름달
손정란

| 차례 |

열한 송이

열한 송이

열세 송이

열두

송이

걸음걸음

경자년(2020) 시샘달 열이레. 밤새 자리를 지켰었나. 돗자리 깔고 담요를 덮으며 말뚝잠도 잤다든가. 오구구 모여서 찬 바람을 밀어내고 이런저런 이야기도 모았겠다. 한 발자국이라도 앞자리에 서려고 껑충껑충 뛰어가거나 쫄레쫄레 따라가는 사람도 있네. 번호표를 받으려면 한 시간을 더 기다려야 하는데 졸음과 추위는 참을 수 있건만 오늘도 번호표를 받지 못하면 어쩌나.

마음이 조마조마한데 할인점에 근무하는 키 큰 남자가 경중경중 노루걸음으로 나온다. 맨 앞쪽에서 눈짐작으로 헤아리다가 구부슴하게 서 있는 어느 할머니 앞에서 뒷걸음질해 우뚝

서더니, 칼금을 긋듯이 손바닥으로 내리 주욱 그으며 얄밉게
도 여기까지입니다.

어림잡아 오육 십 명이 넘어 보이는 사람들이 금 밖으로 주
춤주춤 밀려났다. 헛걸음했다는 썰렁함에 우두망찰하게 서 있
다가 흐트러지며 걷는 걸음걸이 좀 보소.

그래봤자 내일 또 오지 머, 뒤뚱뒤뚱 오리걸음의 아주머니.
오래 서 있어서 다리가 저려오는지 몸을 이쪽저쪽 기우뚱거리
거나 지게걸음인 아저씨. 손전화기에 눈을 떼지 못하고 아기
작아기작 씨암탉걸음. 뒤꿈치 들고 종종 뛰는 서른 안팎으로
보이는 여자의 까치걸음.

줄 서기에 늦은 것이 자신의 잘못이 아니라는 듯 자꾸 뒤돌
아보며 슬슬 옆으로 게걸음. 다른 곳으로 가려는 듯 급한 밭은
걸음. 쌍클하게 치켜뜬 눈으로 노려보다 팔을 홰홰 내저으면
서 빠르게 걷는 왜죽걸음. 검은색 모자를 눌러쓰고 발끝을 바
깥쪽으로 벌려 거드름을 피우며 느릿한 팔자걸음. 뿔테 안경
을 쓰고 팔을 벌리며 뚜벅뚜벅 화장걸음.

검질기게 발로 땅을 구르는 통통걸음. 삼신 제물에 오뉴월
메뚜기 뛰어들 듯 솟구쳐 오르듯이 다리에 힘을 주는 껑충걸

음. 밀려난 것에 어깃장을 놓고 싶은 마음인지 어기적어기적 거위걸음.

저만치서 달팽이걸음을 걷던 할머니가 엉거주춤 서더니 휴우, 허리를 편다. 구붓하게 휘어진 등뼈가 흐르는 세월에 짓눌린 탓인지 제대로 펴지지 않는다. 야윈 어깨 위에 내려앉았던 누런 햇살이 그만 깨금발을 뛴다.

나무는 뿌리가 먼저 마르고 사람은 다리가 먼저 늙는다고 했다. 풋풋한 젊음이 눈 깜짝할 사이였다는 것을 아는 데는 그리 오래 걸리지 않았다. 서른 지나 쉰, 일흔 살까지 진둥걸음으로 오는데 아직도 까마득하게 남아 있는 줄 알았다. 그저 걸음 걸을 때 앞발 뒤축에서 뒷발 뒤축까지의 거리일 뿐이라는, 세상에서 일어나는 어지러운 온갖 일을 겪어본 사람들의 말씀이다.

아침나절 열한 시까지 오라고 카랑카랑한 목소리로 말하기에 믿었지. 열 시쯤 종종걸음으로 할인점 앞에서 칼금 그은 줄도 모르고 서 있다가 선걸음에 뒤돌아섰다. 이백오십 장이 눈 깜짝할 사이에 다 팔렸다고 하네.

입 가리개 하나 사기 참 힘들다.

꽃밥

해는 아침마다 매화산[*]봉우리에서 솟아오르고, 사립문 밀치고 들어온 햇살은 장독대 항아리들을 고동색으로 빛나게 했다. 두엄 더미 옆에선 수줍은 듯 호박이 둥글둥글하다. 누렁 호박으로 범벅 죽을 끓일 때쯤 초가집 귀서까래에 참새가 둥지를 튼다.

가을걷이가 끝나고 어느 한갓진 날 밤, 도래멍석 같은 둥근 달이 높다. 탱자나무 울타리가 촘촘한 앞집에는 홀어미가 산다. 삼이웃의 처녀들과 시집온 지 해소수도 지나지 않은 새악시 두엇이 모여 밤참으로 비빔밥을 해 먹는다. 낮에 오명가명 살펴봤기에 내풀로 우리 집 앞이라는 걸 내세워 단발머리인

나도 잔손불림에 거든다. 바람이 소소히 일어나고 굴뚝에서 하얀 연기가 지붕 위로 살랑살랑 피어오르네. 갓밝이면 뜨르르 소문나것다.

그늘도 지고 볕도 잘 드는 산비알의 고사리 줌줌이 꺾어 옹솥에 데쳐내고 도란도란 흐르는 물에 헹구어 참기름과 깨소금 간장으로 살살 무치고. 잘 드는 손칼로 삼박삼박 정구지 베어다 슬슬 끓는 물에 도르르 굴러내어 양념 아끼지 않는다. 왈랑왈랑 끓는 물에 익혀 맡아보고 돌아보고 무친 도라지나물. 요리조리 다듬은 질금나물은 오가리솥에 안쳐 비린내 가시고 나면 기름치고 깨소금 뿌려 조물조물. 착착 썬 무채는 숨죽을 만큼 덖다가 어리실쭘 익혀내고. 콩나물은 까바지도록 데쳤네. 시금치는 비단 잎만 가리고 연분홍 뿌리도 다듬어서 나긋나긋하고 사랑옵게 우다 놓고.

참바지락과 홍합을 다져 참기름에 볶다가 깍둑깍둑 무 썰어 넣고 물을 부어 한소끔 끓인다. 요모조모 반듯반듯 두부도 썰어 넣고 조선간장으로 삼삼하게 간을 맞춘 탕국 맛이 시원타.

쇠고기는 볼기 살을 사야 하는 기라. 스르륵 스르륵 숫돌에 칼을 벼렸다가 얇게 저며야지. 쌀뜨물에 담가 핏기를 빼고 곱게 채 썰어 참기름을 듬뿍 친다. 파와 마늘을 다져 넣고 후춧 가루, 배즙, 잣가루, 깨소금으로 밑간을 한다던가. 우짜것노. 산골이라 쇠고기가 없으니 시치미 떼고 뉘 집 토종닭이 낳은 달걀노른자를 척 얹었지 머.

비빔밥은 놋그릇에 담는 것이 안성맞춤인기라. 입이 넓고 볼이 움푹한 것은 제 안에 담긴 음식을 품어내니까. 고슬고슬 하게 지은 밥을 놋그릇에 퍼 담고 일곱 가지 꽃 나물을 돌려놓 는다. 탕국을 찔끔 끼얹고 나물을 이기듯이 살짝 눌러가며 쓱 쓱 비빈다.

한 입 두 입, 혀가 깨금발을 뛴다. 섞임은 사람을 한 곳으로 모이게 하제. 비비고 섞이면서 아픔도 나누고 미움도 삭힐 수 있으니 맛나다. 꽃밥을 먹는 재미에 달이 기우는 것도 모르네. 시집 밥은 명치에 걸리고 친정 밥은 속살이 찐다는데 저 새악 시 아무래도 광목 적삼이 시려 보인다.

가만 있거라, 으스름한 저녁 무렵 뒷집 남새밭에서 슬쩍 뽑 아와 젓국물 쪼맨 붓고 주물거린 실파 무침은? 없네.

*경상남도 진주시 일반성면 운천리 포실마을 뒷산으로 해발 139m 정상 의 산맥이며 매화꽃 모양이다.

나비물

해가 지면 초승달이 나뭇가지에 내려앉는 매화산 아래 첫 집. 이엉을 언제이었는지 초가지붕엔 잡초가 무성한데 머리가 희끗희끗한 총각이 혼자 살았다. 얼굴에는 힘든 삶을 버텨온 주름살이 자글자글했고 늘 누덕누덕 기운 옷을 입고 다녔다. 겨레붙이 하나 없고 이름도 성도 나이도 깜깜하건만 어른들이 총각낭개라고 부르기에 우리도 그렇게 불렀다.

끼니때가 되면 오가리솥 아궁이 앞에 웅크리고. 아무 때라도 산에 올라 땔나무를 푸지게 묶어와 부엌 모퉁이에 쟁여 두었네. 사는 일도 그렇고 몸도 서툴렀다. 나무를 하다 보면 손가락을 슴벅 베이거나 다리 어딘가 찢기고 긁혀 돌아오는 길은 몹시 쓰라리거나 절뚝거렸다. 하루해가 저물고 별빛이 차갑게 보이면 군불을 지폈다. 어쩌다 옹이 박힌 나무를 아궁이 속에 던져 넣으면 활활 타오르며 뽀그르르 거품을 문다.

볕살이 포근한 날은 마당가에 덕석을 편 자리만큼 쓸쓸함도 함께 펼치고 앉아 때워도 자꾸 새는 양은냄비 솥단지를 손질하고. 굵은 주름 가는 주름 사이에도 꼼꼼하게 햇볕을 채워 넣는다. 아지랑이가 몽실몽실 피어오르고 주름살들이 벙긋벙긋 웃는다. 살아오면서 요렇게 환한 날이 며칠이나 있었을꼬. 눈앞에 햇빛이 반짝거리고 한나절 한눈팔다가 깜빡 졸았던가.

꼭두새벽에 일어나 어둠을 삽짝 밖으로 쓸어내던 빗자루가 담장에 기댄 채 서 있다. 몸과 마음만 서로 슬몃슬몃 건너다보면서 살아왔다. 몸속에 소용돌이치는 세월이 드나들었거나. 아니지, 세월 속으로 꼬들꼬들하게 마른 몸이 드나들었거나. 이제 마음을 따라가지 못하는 몸은 길 가장자리에서 자꾸 뭉그적뭉그적, 마음이 움직여 간 이 골목 저 골목이 서럽다. 얼싸절싸 몸이 안고 예까지 온 잔주름 하나에도 마음이 깃들어 그런지 몸보다 먼저 아프네.

농사를 짓는다거나 바깥세상에 나가서 돈을 벌지도 않는데 무얼 먹고 살까 알쏭했다. 그런데 눈여겨보니 마을 사람들은 가을걷이가 끝나고 꽃등으로 방아를 찧으면 쌀 서너 되, 보리쌀 두어 되, 고구마 한 바가지를 낡고 찌그럭거리는 마루에 놓아두곤 했다. 김치를 담그면 한두 포기, 무도 두세 개. 결혼식이 있거나 회갑 잔치가 있는 집에선 고기며 떡이며 과일을 신문지에 따로따로 싸서 아이들에게 갖다주라고 일렀다.

입춘 지나고 이 산 저 산 진달래꽃 피는 봄이 오면 총각은 테두리가 떨어져 나간 대소쿠리와 손칼을 챙겨 고사리도 꺾고 쑥이랑 냉이 달래 씀바귀를 캐러 다녔다. 여름까지 물물이 돋아나는 온갖 나물을 사부작사부작 캐어 삶거나 쪄서 말렸다. 자루에 담아 차곡차곡 시렁 위에 얹어두었던 묵은 나물은 이듬해 정월 대보름이 지날 무렵이면 동나고 없었다.

흙담 옆 턱이 허물어진 우물 속으로 팽팽하게 두레박을 내리다 거기, 하늘이 내려와 퍼지는 동심원에 젊은 날의 꿈을 비춰보려나. 하루에 한 뼘씩 늙어가는 것처럼 보이는데…. 총각은 오래오래 우물을 들여다본다. 돌 틈에 뿌리내린 물이끼가 짙푸르다.

손꼽아보니 삼사십 년쯤 지났을 기라. 자운영 꽃이 흐드러지던 어느 날 달랑 보퉁이 하나를 든 여인이 치맛자락을 팔랑거리며 마당으로 들어섰다. 짙은 분 냄새가 났것다. 마침 나물거리를 헹구느라 물을 퍼 올리던 총각이 그만 두레박줄을 놓쳤다지. 비알 밭을 매고 내려오던 아낙네 두엇이 흙담 위로 기웃거리고.

　참속을 알 수 없는 여인은 보퉁이를 던지듯 내려놓고 마루에 걸터앉더니만 다짜고짜로 저도 오갈 데 없으니 같이 살자고 했다던가. 어처구니없어 사느랗게 보고만 있던 총각낭개가 간짓대를 찾아 두레박을 건져 올렸다. 퍼 올린 한 두레박 물을 들고 여인이 앉아 있는 마루 쪽으로 성큼성큼 가더니 보자기를 펼치듯 쫙 끼얹었었다고 하더라.

낮잠

봄이 오면 꽃봉오리가 몸살을 되게 앓고 나서 꽃을 활짝 피운다네. 햇살이 꼼지락거리고 새순이 배냇짓하는 봄이 와야 하는데 온 나라가 우꾼우꾼한 몸살을 앓고 있는 중이다. 나이든 사람은 오들오들 떨게 하는 이 몸살이 더 힘겹다. 바쁘게 지내면 짧고, 텔레비전 앞에서 뭉개거나 손전화만 만지작거리면 하루가 더 길게 느껴지더라.

우두커니 앉았느니 푸르른 이내가 깔린 가좌산에 오른다. 세상과 담쌓지 않으려고 바깥에 나가는 것을 딱 세 번으로 정했다. 산에 가거나 달걀과 우유를 사러 할인점에 가거나. 입가리개를 사려면 내가 태어난 해의 끝자리가 하나이니 월요일

일찌거니 약국에 가야 하는 일이다. 산마루를 넘으면 또 산이어도 길이 있겠거니 여기지 뭐.

아픔이 모이면 꽃이 된다고 했다. 한뉘를 살아가려면 더러 외로움과 아픔도 견뎌내야 하는 거제. 마음이 헝클어져 있는 날엔 고개를 들어 하늘을 바라보면 어떠리. 거기, 명지바람이 조각구름 새털구름 송이구름 안개구름 뭉게구름 솜구름 꽃구름을 무더기무더기 부려놓고 있응께.

정다운 이들과 같이 밥을 먹는다거나 모꼬지에도 나갈 수 없고. 어린이집이랑 학교, 학원, 도서관도 문을 닫았다. 옛 시인은 사람의 정을 가리켜 순간이 만들어내는 꽃이고 세월이 무르익게 하는 열매라고 읊었다는데.

이만큼씩 거리를 두라고 하니까 수필 쓰기 수업도 두세 달 숨고르기로 했다. 입고프고 마음이 시름겨워 모두숨을 쉬어본들 어쩌누. 바지런히 움직거리고 폭 자고 냉장고 안을 뒤적거려 꼬박꼬박 끼니라도 챙겨 먹어야지.

오늘은 봄동 한 움큼에 사과 하나를 나박나박 썰어 넣고 겉절이로 무쳤더니 아삭아삭. 돼지고기를 잘게 썰어 기름에 슬슬 볶다가 당근, 감자, 양파 자잘하게 썰고 다진 마늘 넣어 한

소곰 김 올리다 울금 가루를 개어 붓고 걸쭉하게 끓였다. 내일
은 달래 전 부치고 달걀찜 몽글몽글 부풀리고. 모레는 묵은지
한 쪼가리 꺼내 참치 한 통 따 넣고 국물 바특하게 잡아 얼큰
하게 끓인 찌개를 올린 쥐코밥상이지만 냠냠하겠다.

맛나게 먹었으니 졸음에 겹다. 햇빛이 치자색으로 물들이고
있는 머리맡에 깔개를 세워 그늘을 깃들게 해놓고 누워서 책
을 펴든다. 에그, 겨우 두어 장 넘겼는데 깨나른한 잠이 스르
르 내려앉는다. 봄날의 낮잠은 번거로운 시름을 다독여 준다
기에….

매섭고 독한 몸살이 사그라지면 가물가물 아지랑이 오르고
먼 산의 뻐꾹새 울음소리에 앙증맞은 제비꽃이 기지개 켜는.
분홍빛 봄날이 우리에게 올 것이므로 나는 한껏쯤 낮잠을 잘
란다. 경자년(2020) 올해는 아무래도 봄이 늦게 올랑갑다.

문턱

젊어 보임과 살은 사람들 사이에 이야깃거리가 된 지 오래되어서 그런 것인가. 눈에 익지 않은 사람을 만나더라도 서슴없이 말을 하는데 예의 없는 짓이라는 걸 잊어버린다. 참 젊어 보이네요, 라거나 날씬하다는 말은 맞은바라기로 앉은 사람의 마음을 확 풀어버리게 만든다. 말치레라고 해도 입 꼬리가 올라간다. 손사래를 치면서도 그 말 듣기 좋네, 어느새 축 늘어졌던 온몸에 파르르 생기가 오른다.

한국전쟁의 언저리에서 태어난 나는 윗세대가 누리지 못한 교육을 받았지. 그런데 우리가 배우고 익힌 것은 전통을 이어가야 한다는 내용을 밑바탕에 깔아놓고 있더라. 한 집안의 안

주인이 되었거나 직장에 다녔거나 오로지 어진 어머니이면서 착한 아내여야 한다고 가르쳤다. 그러자니 이 구석 저 구석에서 다지고 뭉쳐진 옹이는 꾹꾹 누를 수밖에.

그들은 자신의 일생을 소설책으로 엮어내면 열두 권에 담아도 모자랄 것이라고 풀쳐 생각하며 말한다. 울 할머니와 어머니, 고모와 이모도 같은 말씀이더라. 온갖 어려움을 다 겪어낸 그들과 견주어보면 어림없겠으나 나도 결혼하고 마흔일곱 해를 이어온 삶을 풀어놓으라면 아마도 열 권은 채울 것 같은데…. 이 땅에서 여자로 산다는 것은 가슴속에 하고픈 말을 차곡차곡 쟁여지도록 만들기 때문이지. 한 켜, 한 켜씩 스무 해만 쌓아 나가도 저절로 터져 나오는 것이 한恨이니까.

나는 아들 딸 구별 말고 둘만 낳아 잘 기르자, 는 표어에 따른 모범생이었다. 대여섯이 보통이었던 자식들 먹이고 입히고 가르치느라 자신의 몫을 챙기기는커녕 아예 옆도 돌아보지 못한 그들과는 다르다. 일흔 문턱을 넘으면서 자식들이 나를 돌보아 줄 것이라는 바람은 일찌거니 접어 두었다.

그랬는데 어쩌나. 세월아 네월아 도래방석 짜는 데는 영 서툴렀다. 이냥저냥 글을 쓰면서 책 읽고 여행도 다니겠다는 두

루뭉술한 그림만 그렸다. 어느 날 갑자기 돌보아야 할 아이들이 떠나고 없었다. 왜바람이 마구 밀어붙이고 좍좍 작달비 쏟아지는 소리인가 여겼더니만 둘밖에 안 되는 아이들은 빨리 커버렸으니.

자리바꿈하여 아들 먼저 장가보냈더니 시어머니라 부르기에 내가 언제 며느리였던 때가 있었던가 싶었다. 서른 문턱을 넘길까말까 한 딸에게 온갖 일 겪지 말고 고마 혼자 지내라고 갖은 말로 구슬려도 기어코 결혼하겠다기에 시집보내고 나니까 친정엄마가 되고 손주가 다섯이다. 따로 따로 세운 울타리랍시고 엄마의 품안보다 조금 멀찍이 자리 잡은 자식들. 어머니보다 엄마라고 부르던 시절이 더 힘이 있었을까나. 둥지가 비워진 뒤로 내 이름 옆에는 손톱묶음이 여닫히고 그 안에 낯선 숫자가 갈마든다.

지금이사 새벽동자를 지을 일이 없기에 알람시계가 울어 쌌는데도 시들하여 그냥 이불 속에서 엉덩이 치켜 올리며 뭉그적거린다. 아침밥은 아홉 시쯤에 먹고 점심은 설거지를 막 끝내고 나면 오후 두 시다. 삼시 세 끼 꼬박꼬박 챙겨 먹고 자주 달달한 것에 입맛이 당긴다. 저녁 아홉 시 뉴스를 보다가 까무룩 졸고. 반가운 이를 만난 찻집에서 싱겁게 탄 커피를 마셨는데도 눈썹씨름으로 하룻밤을 지새우면 기운을 되찾는 데는 이틀이나 걸린다. 시내버스에 오르면 어디 빈자리가 없나, 눈돌림질부터 한다.

밤 이슥토록 도닥도닥 자판기 두드리며 컴퓨터 앞에 앉았는데, 하품 여남은 섬도 모자라 몸이 찌뿌둥해져서 기지개를 켰더니 여기저기서 뼈들이 우우우 만세를 부른다. 얼핏 창밖을 보니 새벽빛이 문턱을 넘느라 궁싯거리고 있었네. 에그, 내일도 내 몸을 다독거리면서 살지 뭐.

애호박

입춘과 우수가 서풋서풋 지나가더니 논두렁 밭두렁에서 냉이 달래 해쑥이 우우 올라온다. 언제부턴가 우리 동네 앞 길턱에서 짐차를 세워두고 푸성귀를 파는 한 아주머니가 있다. 누비 앞치마를 입고 단골손님이 오면 이모야, 이모야 하면서 다뿍 덤을 얹어주기도 한다.

납작한 빨간 대야마다 시금치 취나물 돌나물 상추 부추 우엉 머위를 시울나붓이 담아 놓는다. 햇양파와 미나리, 풋마늘은 단으로 묶은 채 옆옆이 갖추고 애호박 무더기를 더 늘어놓고 퍼질러 앉아 쪽파를 다듬는다.

종이상자를 북 찢어 글씨를 되는 대로 '에호박 한나 천원'이

라고 적어 놓는다. 애호박은 겨울 내내 비닐 온실에서 자라 나
왔어도 싱그러운 봄 냄새가 배어 있다. 손님을 기다리면서 거
스러미가 일어난 손을 재게 놀리다가 가끔 꾸벅잠을 자기도
한다.

오늘은 아무래도 호박이 다 팔릴 것 같지 않다. 가분재기로
온몸을 움츠리도록 막지르는 소리가 들린다. 거리 질서를 다
잡거나 살피려고 나온 사내 서넛이 영바람을 일으키며 부는
호루라기 소리다. 과일이랑 생선이랑 속옷을 파는 다른 아주
머니들과 바삐 늘어놓은 것들을 아무렇게나 동개고 차에 싣는
다. 햇빛 가리개로 쓴 모자가 벗겨져도 주울 틈이 없다. 아까
운 것들을 빼앗길까 봐 허둥거린다.

옴마야, 내 호박….

호박을 담은 자루를 움켜잡아 올리는 순간 그만 자루 밑이
터져 버렸다. 호박이 우르르 쏟아지면서 차들이 다니는 곳까
지 굴러갔는지 택시가 두어 개 짓뭉개 놓고 쌩 가버린다. 허리
를 구푸려 땅바닥에 마구 문질러진 호박을 하나하나 집는다.
더러 멀쩡한 것도 있다.

살바람에 신문지 한 장이 위로 솟구쳤다가 내리박히는 것을

잡는다. 되작거리며 툭툭 털어 펴놓고 호박을 가지런히 모은
다. 가슴 속에서 응어리가 복받쳐도 그냥 눅잦힌다. 애호박은
대학을 졸업한 작은아들이 세 해를 빈손으로 보내다 그러께부
터 비닐 온실 농사를 지어 맏물로 따낸 것이다.

얼마 뒤 걸고들며 밀막던 사내들이 돌아가고 처음 있었던
자리에 차를 옮겨 놓고 다시 둥지를 튼다. 그러구러 날이 저물
어 어스레한데 '에호박 한나 천원'이라고 써 놓은 종이 쪼가리
가 보이지 않는다.

야구의 꽃

야구 겨룸에서 만루 홈런을 친 선수들은 공이 수박 만하게 보였다든가 벼르고 있었다고 말하더란다.

투수가 공을 던지면 타자 앞까지 날아가는데 0.4초. 그 찰나에 어떻게 방망이를 휘둘러 공을 맞히는지 참말로 놀랍다. 그런데 잘 던지다 한 방 맞은 투수는 마운드를 내려와야 하나?

야구는 축구처럼 힘 있게 움직이거나 농구와 같이 빨리 몰아치지도 않는다. 투수는 슬쩍 모자 고쳐 쓰고 송진주머니 한 번 들었다 놓고, 포수와 한참 눈 맞추고 나서 공 하나를 던진다.

야구 겨룸을 보면 감칠맛 나게 만든다. 서너 시간이 훌쩍 지나는 겨룸에서 선수들이 냅뜰힘으로 뛰는 시간은 얼마가 되는

지 아시는가. 오십 분이 채 안 된다고 한다. 그런데도 야구장에는 사람들이 구름처럼 모여든다.

싱거워 보이는 야구에 사람들이 빠져드는 것은 눈 깜짝할 사이에 이기고 짐이 뒤집어지는 까닭이다. 가슴을 서늘하게 하거나 더할 수 없이 마음을 졸이게 하는 느낌은 야구가 으뜸이다. 다 이긴 것 같았는데 어이없게 지기도 하고, 지고 있다가 마지막을 얼마 남겨두지 않고 뒤집는 기쁨을 맛보는 선수들의 꽃모습이 미쁘다.

딱, 윙…. 하얀 잠자리가 하늘로 날아올랐다. 지금 막 태어난 잠자리의 날갯짓은 떠들썩하다. 어디에 내려앉을까. 많은 잠자리채와 뜰채가 나풀거리는 담장과 울타리 틈새. 잠자리는 날갯짓을 멈추고 사뿐히.

아마도 야구에서 끝내기 홈런만큼 달달한 게 없을 걸. 작은 공이 투수 손아귀를 떠나는 순간, 타자가 서두르지 않고 다이아몬드를 폼 나게 밟고 돌아오게 만드니까. 야구장의 일루 이루 삼루를 이은 안쪽과 뒤쪽의 선을 둘러싼 울타리를 넘어가는 아름다운 포물선과 함께.

겨룸에 나가지 않은 선수들이 두 팔을 번쩍 쳐들며 뛰어나와 손뼉을 치고 서로 얼싸안는다. 모두 환하게 웃는다. 그래서 주자가 꽉 찼을 때 터지는 만루 홈런이 야구의 꽃이라 부르는 기라.

초시계는 없어도 야구는 달력을 알뜰하게 채운다. 새로운 꿈에 부푼 가슴은 두 근 반 세 근 반. 새싹이 간지럼을 타고 먼 산의 연둣빛이 순한 초봄에 시작해서 뜨거운 여름에 꽃을 활짝 피운다. 입김이 호호 어리는 하늘 연달 말 저녁에 사람 마음을 온통 설레게 해놓고 성큼성큼 떠나간다.

밍근한 하루가 저문다. 거기, 포물선의 한 점을 자국걸음으로 지나가고 있는 내가 보인다. 사부랑한 삶의 끈 야물딱지게 조이면서.

날아라, 야구공. 어서 입 가리개를 벗고 야구장에 가고 싶다.

내가 몬 살아

며칠 겨울비가 추적추적 내렸다. 괜히 마음이 들썩해 밤새도록 잠을 설쳤다. 몸이 서툴러 우우우 기지개를 켰다. 이냥저냥 시간만 보내선 안 되겠다 싶어 하루하루를 다잡았다. 차 한 잔을 마시며 새삼스레 올려다본 큰방 천장엔 물이 샌 만큼의 땜질하듯 서둘러 바른 종이 색깔이 다르다.

지난 갑오년(2014)의 하룻날은, 아는 사람과 만남도 만들지 않았고 집안은 지저분하거나 어지러운 곳을 쓸고 닦아 말끔했다. 집은 날마다 쓸고 닦지 않으면 머리카락과 먼지가 뭉쳐 다니는 곳이다. 바깥에 나갔다 돌아와 문을 열면 오두막이라도 내 집이 으뜸이었다. 등을 대고 누울 방이 있고 컴퓨터가 있고 책시렁에는 책이 빼곡하게 꽂혀 있다.

갖춤은 끝났다. 세탁기에 넣어 돌릴 빨랫감도 없고 냉장고에는 먹을거리로 채워놓았다. 그리고 나서 컴퓨터 앞에 앉았다. 삼사십 분쯤 지났을까.

어라, 웬 망치 소리와 드르륵거리는 기계 소리? 위층인지 아래층인지 아침나절부터 공사 중이었다. 우지직, 저것은 벽을 부수는 소리인가. 쾅 쾅, 요것은 기계 송곳이 뚫어 놓은 자리를 무너뜨리는 것이고. 우짜꼬, 나는 한껏도 컴퓨터에서 손을 뗄 수 없는데…. 그러더니 잠깐 온갖 소리가 멈추었다.

이어지던 엄청난 소리가 갑자기 딱 그쳤을 때의 고요함, 이제 끝났을라나 했는데 다시 벽을 넘어뜨리고 산도 무너뜨릴 듯이 들들거린다. 무슨 공사를 하는지 아파트가 다 부서지는 것 같다. 참말로 싫다. 저 소리, 세상의 모든 벽을 모조리 없앨 참인가.

와르르 쿵, 보이지도 않고 누군지도 모르는 사람이 눈앞에 있는 듯 안개가 뭉게뭉게 피어났다. 내 몸이 깎이고 구멍이 나는 것처럼 진저리쳐진다. 옆집 문을 두드렸다. 우리 집 바로 아래라요. 옆집 아주머니는 두 몫으로 답답한지 볼멘소리다.

함께 아래층으로 내려갔다.

문이 열려 있어 안으로 들어갔더니 부엌과 화장실 바닥이 파헤쳐져 있었다. 주인은 간 데 없고 일꾼 셋이서 마음대로다. 위층에 사는 사람이라 말하고 공사가 언제 끝나느냐고 물었다. 벽돌 먼지를 뿌옇게 뒤집어쓴 일꾼 한 사람이 눈을 껌뻑거리며 사나흘이나 걸릴 거요 한다. 기맥혀. 하루도 아니고 사나흘이나?

그러구러 열하루가 지났다. 모꼬지에 나갔다 들어오면서 큰 방에 발을 내딛는 순간 옴마야, 까무러칠 뻔하였다. 천장에서 물이 마구 쏟아지고 있었다. 방바닥이 흥건했다. 관리실 사람을 부르고 위층 주인에게도 알리며 어이없어하다가 그 노랑북새에도 손전화로 사진을 찍어 두었다.

이튿날부터 우리 집 위층에서 뜯어내고 부수고 하느라 일곱 날을 내 귀를 먹게 했다. 내가 몬 살아.

그니

오랜 세월 잊고 지내던 어린 시절의 친구나 겨레붙이를 더러 만날 때가 있다. 처음엔 반가워하다가 이름을 묻거나 누구인가를 알아보고 나서 어딘지 남아 있는 옛 모습이 어렴풋 떠오른다.

언젠가 어머니를 뵈려고 친정 마을의 버스정류장에 내렸다. 건너편 농협 할인점에서 나오던 작달막한 키에 파마머리를 하고 주름이 자글자글한 그니와 마주 바라보게 되었다. 하이가, 이기 누고. 니 내 아라 보것나? 하더니 서먹해 하는 내 손을 잡고 흔들었다.

나보다 서너 살 더 먹어서 그랬는지 일찍부터 속이 들어 옹

골지고 어른 같은 데가 있었다. 그니가 만들어 준 놀이주머니
는 맞은바라기의 아이들을 어찌 그리 잘도 맞히던지. 광대나
물이 흔하던 보리밭에서 부지런히 손칼을 놀려 자신의 소쿠리
가 그들먹해지면 내 소쿠리에도 한 움큼씩 캐 주기도 하고. 여
름밤 바지랑대에 등불을 매달아 놓고 멍석 위에 둘러앉아 이
웃 처녀들과 삼 삼는 일을 해도 광주리를 먼저 채우곤 했다.

호박덩굴이 울타리를 푸지게 덮을 무렵이면 모내기가 한창
이었다. 집집마다 서로 일손을 얻어서 남 먼저 모내기를 하려
고 애를 썼다. 그러는 중에도 비는 사이사이 한 줄금씩 와서
사람들은 비를 맞아가며 들일을 거두었다. 그니의 집 논에서
모내기를 하던 날은 바람비가 내렸다. 무논에서 비를 맞는 모
꾼들의 손놀림이 더뎌질 즈음 새참으로 내갈 수제비를 끓였
다. 수제비 솥에 불을 때느라 얼굴이 연시감처럼 익었고 삼베
적삼을 흠씬 적셨다.

허방지방하면서도 하릴없이 놀러간 나에게 한 그릇을 떠 주
었다. 맷돌에 밀을 삭갈아 어레미로 친 누르께한 수제비였다.
마루 끝에 걸터앉아 뜨거운 국물을 후루룩거리며 먹었다. 입
안이 꺼끌꺼끌했으나 감자와 애호박을 숭덩숭덩 썰어 넣고 띠

포리를 우린 국물 덕으로 맛났다.

논바닥의 이끼가 파래 빛으로 짙어지면 벼가 야물게 익어간다. 초벌에서 세벌까지 논을 맸던 농부들이 남겨 놓은 발자국에 논우렁이가 무리를 지어 흙을 헤집고 숨어든다. 우렁이를 뒤져내는 데도 겨룰 아이들이 없었다. 재 넘어 물살이 센 냇물에서 다슬기를 잡는 일도 재빠른 솜씨를 지녔었다.

겨울이면 손발이 텄다. 골짜기 바람은 우째 그렇게도 매웠는지 모를레라. 여름은 햇볕을 받아 땅에서 올라오는 열 때문에 사람들을 축 늘어지게 했다. 여름 내내 온몸에 땀띠가 잦아들 날이 없었다. 봄누에가 한잠에서 깨어나면 뽕잎 따는 손이 바빴고 다래꼬투리에서 목화솜을 빼내느라 손등을 긁히었으며 화중밭을 매기도 하였다.

그니는 학교에 다니지 못했다. 월요일 아침 벚나무 아래서 책가방 들고 지나가는 아이들을 생기 없는 눈으로 물끄러미 쳐다보곤 했다. 토요일 오후와 일요일 하루 동안 아무 데나 마구 돌아다니며 깔깔거렸던 아이들과 헤어지기가 아쉬워서 그랬는지도.

얼핏 눈길이 마주쳤다. 헤아릴 수 없는 발자국이 지나갔으

련만 신통하게도 살아 하늘거리는 벚나무 밑동에서 꽃을 피운 노란 민들레꽃을 바라보았다. 내 힘으로는 어쩌지 못하는 일 이었으므로. 고갯마루 중허리쯤에서 돌아보면 아이들 뒤를 사부작사부작 따라오던 그니가 고갯길을 내려가는 게 보였다.

그러구러 일 년 가까이 지났을 때부터 우리 집에 놀러오거나 삽짝에서 나를 부르지도 않았다.

땅빈대

풀들이 살아가는 모습을 곰파보면 사람살이와 많이 닮아 있다. 산불이 휩쓸어버린 산에 푸릇푸릇 꽃등으로 피어나는 것은 고사리와 이끼 같은 풀이다. 꼬꼬지 저 남쪽 바다 건너 원자폭탄이 떨어진 자리에 새싹을 낸 것이 쇠뜨기였다고 한다. 그 작은 풀들이 공성이 나면서 자리를 넓혀놓아 다른 식물들도 살아갈 수 있는 터를 만든다.

꽃은 우리가 원하는 곳에서도 자랄 수 있지만, 풀은 그들이 원하는 곳에서만 자라는 식물이다. 사람들이 싫어하거나 말거나 전혀 한무내하다. 가녈가녈해 보여도 이악스러워 스스로 살길을 찾아 버텨내는 힘이 기운차다.

들어쎈 풀은 제멋대로 옮겨와 우리 땅에 자리를 잡고도 아주 드세고 꺼두른다. 그래서 문득문득 이것들이 아무 때라도 논밭을 마음대로 휘어잡아 버리지 싶어 괜히 애 마르다. 곡식이거나 푸성귀를 거두어들임을 앗아 그동안 힘들이고 애씀을 헛수고로 만들어 버릴 수도 있으므로. 어찌하였거나 풀은 우리에게 재없이 우꾼하게 엇선다.

사람들은 굽히지 않으려는 마음에 윽벼른다. 그러기에 가량없는 사람이라도 바랭이거나 둑새풀이거나 강아지풀이거나 반둥사니를 보기만 하면 뜨저구니가 생겨 갑때사납도록 제초제를 마구 뿌려대고 일손이 오를 때마다 뽑거나 베어내기도 한다. 검질긴 풀에게 사람들이 이길 수 없는 싸움을 벌이는 진짜 이유는 질기굳은 풀들의 생명력이 거슬리기 때문이다.

사람살이와 닮아서 그런지 앞차게 살아가는 풀도 있고 그저 작은 크기로 살기를 꿈꾸는 풀도 있다. 어뜩비뜩 어긋나기도 하고 얼랑누굴랑이 없어 어려움에 빠지기도 한다. 자신만의 잡도리를 세우기도 하고 애면글면 밑바닥을 기면서도 어우렁 더우렁 산다. 앙살하는 것이 싫어서 사람의 발에 밟히면서도 제살이로 사는 풀도 있다. 돌봐주는 사람 없이도 앙세게 살아간다.

찔레꽃머리의 묵정밭이 떠들썩하다. 바랭이가 긴 수염뿌리를 쓰다듬으며 가들막거리면 노작지근하게 어슬렁거리던 토끼풀 줄기가 낙장거리하듯 난딱 엎어진다. 꽃집에서 쫓겨나왔건만 달걀프라이처럼 생겨 달걀 꽃이라 부르기도 하는 개망초가 주눅 들지 않고 새치름하게 꽃을 피운다. 눈치코치 없이 아무 데나 냅떠 선다. 한삼덩굴이 한사코 홰홰 기어오르고 밭두둑에서는 투깔스러운 쇠비름과 돼지비름, 참비름이 모여서 손위라거나 손아래를 따지며 두꺼비씨름을 해도 끝이 나지 않는다. 서로 미당기며 삿대질하는 것처럼 보여도 어깨를 기대며 산다.

이 쩍지고 잔다랗게 여기는 풀들이 자라고 꽃을 피우는 소리를 한 번이라도 귀여겨 들어본 사람이 있을라나. 그 소리는 심장의 귀를 기울이고 가슴으로만 들을 수 있다. 살아갈수록 작은 풀꽃들에게 더 마음이 쏠린다.

함부로덤부로 자라는 풀들을 눈여겨 보암직하다. 저 풀은 길녘에서 오가는 사람들이 지르밟아 짓이겨져도 앙증맞은 꽃을 활짝 피운다. 어떤 풀은 돌 틈에 뿌리를 내리고 갸우스름하게 고개를 내민다. 요것은 장대추위가 지나가도 볕바른 곳에서 푸른 잎을 꼼지락거린다.

풀은 해 쪽으로 잎을 펼치고 하늘을 쳐다본다. 사람은 옆옆이 돌아보면서 살아가고 풀은 늘 위로 뻗으며 산다. 풀이 위로만 자라려고 하는 것은 햇볕을 맘껏 받으려 함이다. 드물게 땅에 납작 붙어 자라는 풀도 있다.

지나새나 땅바닥에 나부죽이 엎드려 밭이거나 다님 길에 사는 한해살이풀. 땅 위에 퍼진 잎 생김새가 빈대처럼 보여서 땅빈대라 부른다. 땅에 바짝 붙어서 기는 힘이 아주 옹골지다. 어디든 뿌리만 내리면 그 자리가 제바닥이다. 줄기 가운데의 한 곳에서 거미줄이거나 바퀴살처럼 길게 자라면서 마디마디 또 퍼져나간다. 꽃은 하도 조그마해서 눈을 대고 들여다보아야 한다.

땅빈대의 줄기를 자르면 우윳빛 즙이 나온다. 땅빈대를 사마귀풀이라 알고 있던 어린 시절, 손등에 드문드문 생긴 물사마귀가 모르는 사이 깝북 번지게 되면 줄기를 따깜질하여 즙을 바르곤 했다.

나부랑납작하게 기면서도 햇살을 그늑하게 받는다. 땅빈대가 사는 곳에는 다른 풀이 싱싱하게 견뎌내지 못한다. 해포이웃 하여 사는 터라도 서로 겨루다가 쓰러지면 굳센 풀의 그늘에서 곱송그리며 좁혀 지내게 된다.

철다툼으로 장찬밭을 매는 댕돌같은 농사꾼의 손에 모지락스럽게 뽑혀 나엎어지는 땅빈대가 잘겁하여 들숨 날숨 없이 누워버린다. 그러다 해루해가 저물어 깜깜나라가 되었을 때, 개밥바라기 빛을 받으며 갑신 숨을 고르고 촉촉하게 내리는 밤이슬에 다시 잔뿌리를 내린다.

말비침

김훈 소설가의 『자전거 여행』 책머리에 보면, 이 책을 팔아서 자전거 값 월부를 갚으려 한다. 사람들아 책 좀 사가라고 적혀 있다. 이 글귀를 곰곰 궁리해보니, 사람들아 책 좀 사서 읽으라는 뜻의 말비침이 아닌가 싶다.

지레채고 이리 훑고 저리 훑어봐도 책은 십 분도 읽지 않으면서 텔레비전이거나 손전화는 몇 시간이고 온 정신을 모아서 본다. 책 읽기는 참말로 주니내는 일이기에.

그렇더라도 책방에 가리마리 머뭇거리는 사람들아. 사는 게 바빠 책 읽을 겨를이 없다고 하지 마소. 낮에 바쁘면 밤에 읽고 햇볕이 쨍쨍한 날 눈코 뜰 새 없으면 흐린 날 읽으면 되지.

이러니저러니 할 것 없이 하루 일을 마무리하고 집으로 돌아가는 길에 책방에 들러보면 어떠리오. 거기, 책시렁에는 포르르 날아오르는 꿈이 있고, 오소소 돋는 그리움도 있고 따스하고 이엄이엄한 이야기도 있다오. 가슴이 잉큼잉큼하고 아름다운 눈길도 있고.

하루에 한 줄씩 읽어도 좋고 이틀에 한 쪽 읽어도 된다오. 그러다 우연만 하면 백 권을 읽으면 더 좋겠네. 뭐 한 권을 읽어도 괜찮고. 찾을 모가 있어 혼자 알고 있기에 아깝다 여겨지면 읽은 책을 내려놓고 다른 사람이 책시렁에 등불을 달 수 있게 풋인사라도 나누면 틀지겠소.

한 줄 읽고 딴생각하고 한 장 읽고 딴짓 하지 말고, 삶의 뚝기가 되어 줄 책 몇 권만큼은 한뉘의 짝으로 생각하여 읽고 또 읽으소. 가분재기로 뜬돈이 생기면 마침몰라 다툼으로 막서고 자리가 높아지면 떠맡는 일이 무거워진다오. 그러니 책 읽는 소리가 으뜸으로 해맑고 깨끗하지요.

마음 도스르는데 예니레쯤이면 될라나요. 언제 거니채고 잰걸음으로 책방에 가려오. 보이소. 홍이야항이야 하면서 훅닥이는 것 같지만 때로는 우리 가슴에 모닥불을 지피기도 하고 물 옹당이를 만들어 주는 것이라오.

　가슴으로 글을 보듬어 키우는 사람들과 함께 나를 찾는 시간이지요. 다문다문 낯선 얼굴에 쟁인 글이 촘촘하고 말마투리가 있으니. 하늘에 구름가고 산가지에 바람이듯 그저 살아가는 그대로 곰삭은 속내평을 꺼내 술술 글로 쓰고 자신을 찾으려는 애씀이 짙인다오.

주름살

언제였던가. 잠 머금은 이슬비가 내리던 한겻이었다. 흑백 사진 전을 열고 있는 진주 문화예술회관의 작은 전시실. 어디에 걸려 있더라도 보암보암 눈 맛으로도 마음을 설레게 하는 사진이 있다. 아주 드물게.

내 눈에 안경으로 깊수룸하게 사진들을 읽다가 어느 농부의 사진 앞에서 반걸음을 멈추었다. 어깨가 구부정하게 보이는 그는 가칫한 얼굴에 주름살을 모으며 활짝 웃고 있다. 아마도 써레질을 끝낸 논마지기 앞에 서 있거나 저물녘의 노을빛 하늘을 바라보고 있었지 싶다.

내풀로 넋이 올라 사진 속 농부의 삶을 헤아려 본다. 그의 얼굴에는 뜨겁고 각다분한 여름이 있었고 풋풋했던 봄도 있다. 서늘하고 능두는 가을이 있었고 뒤란 처마 밑에 매달려서 얼었다 녹았다 하는 시래기처럼 된바람에 온몸을 내맡긴 겨울도 있었네. 단단했던 등과 허리, 팔다리를 느슨하게 놓는데 이제는 허리가 구푸려지고 무릎도 시려 맺은 것만큼 주름살이 자글자글하다.

맏이로 태어나 갈치잠을 자면서도 달빛에 푸른 싹 돋우고 햇빛에 겹잎 불어나도록 바지런했다. 개막은 땅 감사납던 논밭은 늦가을 지붕 위에 박이 달리듯 오롱조롱한 자식들 그느르며 건몸 달게 살았다.

그루갈이로 농사짓다 한뉘 다 삭은 뒤에 무슨 볼일 있어 예까지 내달려 왔나. 올올이 힘줄 풀어보니 노랑꽃 피는 일 없이 물기 배었던 젊음은 꼬들꼬들하게 말라가고 주름살만 한 바가지다. 돌아가는 모퉁이 길에 숨 고르며 손끝이 아리도록 켜켜이 눌러 담아 삭힌다.

연분홍 메꽃이 아침 나발을 분다. 올해는 봄비가 푸지게 내려 찔레꽃가뭄도 없었으니 모심기 무렵이면 무논에선 악머구리 울음소리가 들판을 감았다 풀었다 할런가.

잡을손으로 끝갈망 해놓은 농부의 걸음걸이는 느릿하다. 삽이거나 괭이 하나 들고 논틀길을 구름에 달 가듯이 간다. 이쪽 저쪽 산과 내를 두루 보며 흐름으로 걷는다.

지난 설에 와서 사나나달 사랑옵게 굴던 손주 녀석이 두고 간 세발자전거 옆으로 호박덩굴이 다옥하다.

열한
송이

길쌈

친정집 광에서 버거웠던 삶을 내려놓고 까무룩하게 쉬고 있는 베틀을 바라본다. 누운다리 위로 철 지나고 해 가는 줄 모르는 채 사셨던 옹골찬 어머니의 세월이 얹혀 있다. 눅눅한 시간은 곰팡내를 풍기고 앉을깨와 살이 촘촘하게 겹쳐져 있는 바디와 도투마리는 먼지가 두껍게 앉았다.

실꾸리를 담는 북은 모서리가 뭉툭하다. 시멘트 벽 대못에 제 할 일을 바지런히 했을 베 솔이 한 쌍 걸려 있다. 가위 뼘만큼의 두께로 단단하게 묶여 반질거렸던 손잡이는 짙은 갈색으로 변했다. 실이 엉키지 않도록 풀칠을 하는 데 쓰이는 솔은 빈틈없고 꼼꼼하다. 어머니의 손길이 겹친다.

젊은 날의 어머니는 솜씨가 좋아서 엿새 베를 하루에 서른 자씩 짰다. 옷감의 으뜸으로 뛰어남을 판가름하는 것은 '새'라는 하나치이다. 새는 승升이라고도 쓴다. 이것은 옷감의 폭 안에 몇 낱의 올이 들어가는 가를 말한다. 한 새는 가느다란 날실 팔십 올을 뜻한다. 그러므로 엿새라고 하면 사백팔십 올의 날실이 있는 옷감이다.

물레를 돌려 실을 뽑아 날줄을 갈라 늘려서 베틀 위에 걸어 놓는다. 잉앗대가 오르내리고 바디집을 부딪치는 소리가 어머니의 가슴에 찰가당, 찰가당 얹힌다. 새벽닭이 울 때까지 베를 짜다 보면 허리뼈가 빠지는 것처럼 저리고 뒷목이 뻣뻣하고 다리가 나무토막같이 굳어졌으리. 졸음 섞어 씨줄을 다져 넣으면 한 치 두 치 늘어나서 홍두깨에 삼베 한 필이 말아진다.

다섯 자식 뒷바라지하느라 오뉴월 땡볕 아래서 콩밭과 고구마밭을 매거나, 모내기 품앗이와 베 짜기를 온몸으로 해내었다. 밭을 매고 베를 짜고 품앗이를 하는 일이 세상을 견디는 버팀목이었다. 두레상 앞에서 서둘러 맞는 저녁, 여덟 벌의 수저가 달그락거렸다.

삼밭에는 옥수숫대보다 껑충하게 큰 삼(대마)들이 쑥쑥 자

랐다. 칠월 초이레쯤부터 산마을에 무더위가 내려앉으면 삼대
를 베어내어 대칼로 잎을 훑고 큼직하게 단을 묶는다. 동네 장
정들 몇이 정자나무 아래 내건 삼굿에 삼대 묶은 쪽을 엇갈리
게 포개어 쟁여 넣고 거적을 덮은 위에 젖은 흙을 삽으로 고루
펴 얹어 삼찌기를 한다. 삼굿 아궁이에 땔나무를 밀어 넣고 불
을 지피는 그들에게 어머니는 막걸리와 솥뚜껑을 뒤집어 풋고
추 숭숭 썰어 넣고 노릇노릇 구운 부추전과 김치를 푸지게 내
놓는다.

  아낙네들은 낡음낡음한 삼베 치맛자락을 꼭꼭 오불치고 앉
아 장정들이 누글누글하도록 푹 쪄낸 삼대 한 묶음씩 도맡는
다. 옆옆이 식구가 한 사람 더 있으면 그 몫을 맡기도 한다.
벗긴 삼 껍질은 주인에게 돌려주고 속대인 제릅만 집으로 가
져간다. 제릅은 햇볕에 잘 말려 두었다가 가을걷이가 끝나고
나면 초가지붕에 새 짚으로 이엉을 올릴 때 서까래 위에 깔아
놓는 재료로 엮기도 하고 땔감으로도 쓴다.

  바람도 불지 않고 햇빛이 쨍쨍하지 않은 날에 어머니는 아
낙네 두엇과 마당에서 베를 맸다. 바람이 불면 재가 날려 실이
타거나 더러워지고 햇빛이 강하면 실올이 잘 보이지 않기 때

문이다. 좁쌀로 묽게 쑤어 자배기에 담아 놓은 풀을 한 줌 떼어 실에 바른다. 풀이 고루 먹히도록 손으로 두어 번 쓸다가 각시붓꽃 뿌리로 만든 베 솔로 살살 빗는다. 한 올 한 올에 풀기가 스며든다. 흙을 옴팍하게 파낸 자리에 생솔가지와 왕겨를 태운 겻불로 낭창거리는 실을 말린다. 가슬가슬하게 먼저 마른 실은 서로 엉키지 않도록 뱁댕이를 사이사이에 넣으면서 도투마리에 감는다.

실이 다 감긴 묵직한 도투마리를 베틀에 올린다. 새를 나눈 실을 잉아에 걸고 바디는 바디집에 끼우고 실 끝을 말코에 묶는다. 이백 올씩 나누어진 날실을 씨실과 단단하게 맞물려 바탕을 이루게 한다.

도투마리에서 풀려나온 실은 잉아를 지나 바디까지 펼쳐져 있다. 앉을깨에 앉아 베틀에 걸려 있는 사백 올의 날을 세세히 살펴보던 어머니는 부티를 허리에 두르고 베틀신을 신으며 깊게 숨을 한 번 들이쉰다. 씨실을 풀어내는 북을 왼손에 잡고 날실 사이에 밀어 넣고 오른손으로 받아내면서 왼손은 바디집을 찰카당 당긴다. 오른손에 잡은 북을 다시 날실 사이에 넣고 왼손으로 받아내면서 오른손은 바디집을 찰카당 당긴다.

스르륵 찰카당, 스르륵 찰카당. 베틀신을 신은 발을 당겼다 놓았다 하면서 베틀신대를 움직여 날실의 오르내림을 맞춘다. 말코에 베가 감긴다. 폭이 좁아지지 않도록 가로나비에 가는 나무오리가 활처럼 등이 휘어져 버티고 있다. 이따금 날실 한 올이 툭 끊어지면 실 양끝을 잡고 눈썹노리에 매달아 놓은 풀솜을 민들레 갓털만큼 뜯어 도르르 말아준다. 끊어진 실을 이었는지 전혀 알아챌 수 없게 티가 나지 않는다.

베틀에서 내린 꾸덕꾸덕한 삼베 한 필을 구김이 가지 않게 양끝을 잡아당기면서 홍두깨에 감는다. 다듬이질을 하여 매끄럽게 윤이 나면 홍두깨를 빼낸다. 올올이 어머니의 손길이 머금어 곱다.

참아내었던 세월이 가슴에 고랑으로 패이고 나서야 쉬고 있는 어머니. 멈추어 있는 베틀을 바라본다. 스르륵 찰카당, 스르륵 찰카당, 바디집 당기는 소리가 아득하다.

세한도

정사년(1977) 매듭 달 스무이틀. 해가 설핏한데 고추바람이
마구 흐트러진다. 젖먹이 딸아이를 업고 부산진구 초읍동 옛
성지공원(지금의 어린이 대공원)으로 오르는 들머리. 어느 집
앞이었다. 겹겹의 널빤지로 에워싸인, 얇은 석판으로 지붕을
덮은 집 한 채 옴팍하다.

집 뒤쪽의 깎아지른 벼랑 위에 나무 한 그루가 튀어나와 있
다. 내키는 대로 이리저리 자라 가지가 벗나간 소나무다. 바위
를 그러잡은 뿌리의 힘이 모지락스러운 소나무는 뒤틀린 꼴이
반드럽지 못해도 문실문실하다.

널빤지의 옹이가 빠져나간 구멍으로 집안을 들여다보았다.

차갑게 식은 햇살에 동그마니 드러난 집안. 쉰쯤 되었을까 말까한, 운동할 때 입는 옷차림새의 남자가 안방에서 오도카니 팔을 괴고 밖을 내다보고 있다. 좁은 마루방에 앉아 저녁밥상을 마주한, 치렁치렁한 머리를 뒤로 넘긴 젊은 여자와 한 남자. 어둑한 부엌에는 노란 알전구가 반짝거렸다.

빨랫줄에 널린 옷가지들이 고추바람에 부대끼는데 해는 내일 다시 떠오르리라 뒤돌아보더니만 재빠르게 서산으로 넘어간다.

누비처네 끈을 풀어 잠이 든 아이를 새삼스레 추어올리고 흘러내리지 않도록 야무지게 동여맸다. 그러고는 삽짝문을 와락 발로 차 밀었다. 마당으로 성큼 들어서며 실례합니더, 라고 말했을 때 방 안에 있던 남자와 상을 차려 내왔던 안주인으로 보이는 고무줄바지를 입은 여자, 밥상 앞에 마주 앉은 두 사람이 한꺼번에 쳐다본다.

순간 젊은 남자가 어 뜨거라, 화들짝 놀라며 벌떡 일어나더라. 여가 너거 처갓집이가? 은색 알루미늄 밥상을 아금받게 낚아채 마당에 엎어버렸다. 와그르르 창창, 소리에 등에 업힌 아이가 불에 덴 듯이 울어재끼고.

아무래도 바깥주인은 따뜻한 방안에서 널빤지 사이로 내가 왔다 갔다 하는 것을 보았지 싶은데…. 가슴속까지 스며드는 한기가 뼛골에서 온몸으로 퍼지는 듯 부르르 떨려온다. 소한이 가까이 다가오는지 오지게 춥다.

발아래 밟히는 나뭇잎처럼 차곡차곡 쟁이고 쌓아온 것들이 짓이겨졌다. 살을 에는 듯 매섭게 부는 바람소리. 언제쯤 그칠런가. 아직은 헤아릴 수도 없네. 이 싸늘한 세월이 끝나면 내 손으로 남은 자국을 지우리라.

먼 시간

또 한 해가 이울었다. 한갓지게 이천이십 년 새 달력을 걸면서 이런저런 바램도 걸어본다. 은행 달력을 걸어두면 부자가 된다기에 농협은행의 달력을 얻어왔다. 붉은 해가 떠오르는 전라북도 전주시 오목대의 풍경을 담은 그림 앞에 설레는 마음으로 서 있다.

사람들의 시간을 불러들이는 달력이 언젠가부터 귀해졌다. 손전화이거나 누리그물 속에 날짜별로 해야 할 일들을 짜 놓으면서 종이 달력이 자꾸 줄어들게 되었다고 한다.

하룻날 경남예술회관 그림 전시회장에 갔더니 연분홍 봉투에 예쁘게 넣어서 건네주는 조그마한 달력을 받았다. 컴퓨터가 있는 작은방에 걸어두고 흠흠, 그림 보는 재미가 쏠쏠하다. 한 권은 어디서 얻을꼬….

단골 제본소에 맡긴 일거리를 찾으러 갔을 때 책상이거나 탁자 위에 올려놓고 볼 수 있는 앙증스러운 달력 두 권을 덤으로 얻었다. 겹으로 된 두꺼운 종이는 떼어내고 끝자락 가운데를 어림잡아 못이 들어갈 만큼 구멍을 뚫었다. 큰방의 손바닥만 한 액자 옆에 걸었더니 나보다 앞질러 냅뛰는 시간을 따라가지 못하고 바람만바람만 한다.

종이가 귀하던 오육십 년 전, 시골에서는 마을 이장이 집집마다 한 장짜리 달력을 나누어 주곤 했다. 온 장의 종이를 두 번 접어 자른 크기의 연두색 바탕에 맨 위 왼쪽부터 단군기원과 무슨 해, 태극기와 월력, 기원후의 몇 년이라는 획이 굵은 글씨로 써졌다. 해오름 달부터 누리 달까지는 왼쪽에서 쭉 아래로, 견우직녀 달부터 매듭 달까지는 오른쪽이었다.

한가운데서 삼백예순날 우리 식구를 그윽하게 내려다보는 듯 지역 국회의원 사진이 점잖다. 사진 바로 아래 인사 말씀이 적혀 있고 다시 반으로 그어서 경축일, 명절과 국경일, 달마다 때를 정하여 놓는 농삿집의 일들이 한문으로 빼곡하였다.

어느 해는 활짝 핀 무궁화꽃으로 우리나라 지도를 그려놓았다. 지도의 남쪽 어디쯤인가 밀짚모자를 쓴 농부가 삽을 들고 활짝 웃고 있는 옆에 누렇게 익은 벼와 오이, 감자 무 배추 마늘 고구마와 채소 그림이 산뜻했다.

섣달그믐 무렵 달력 한 장을 받으면 울 할매는 벽지를 바른 지 하도 오래되어 얼룩덜룩한 윗목 벽에다 해소수까지 떨어지지 않도록 정성스럽게 붙였다. 그러고는 나에게 빨간색 연필을 들게 하고 삼짇날이거나 초파일, 단옷날이거나 동짓날. 돌아가신 대대의 어른들 제삿날과 여덟 식구의 시간을 동그라미 안에 넣으라고 이르셨다.

오불시럽게 쟁여 두었던 먼 시간들이 물무늬 져 어른거린다.

내사 고마 요래 사랏제

얄구진 시상. 고상도 할멘치 하고 나이 몸써리나데. 이녁이 일 안 하이 머 내가 다 한기라. 사라서나 주거서나 아쓸 게 읎는 냥반이라. 아즉 밥 묵으믄 옷 버타 입고 오데 나뎅기는 거 그거뿌이라. 꼬장카리 한나 안 들고 뎅겨. 업내루 어디루 존데나 뎅기구 안 뎅긴 데 읎시 도라뎅기다 돈 뜨러지믄 와. 겟짐에 돈만 잇시믄 신사제. 노룸도 조아하제 술도 자라제 집구석만 나가믄 사할이고 나할이고 뎅기는 냥반이라 허이구, 에묵엇서.

내사 사는 기라 사랏제. 자슥이 읎어이 맴 부칠 데가 읎으는께 그라제. 어데 나갓다 오믄 오는갑다 가믄 가는갑다 힛서.

하로 점두룩 손톱 발톱 질 세 옰시 논꿔 밭꿔 도라보고 멧돌 가라묵고 디딜빵아 찌어 묵고 삼 삼고 질쌈꺼정 내가 다 짓서.

볼시로 사얼 보룸이가. 요세는 날 가는 질도 모리제. 날도 날도 이누므 날은 첨 본다 아이가. 배차 모 이기 비가 와야 데낀데, 비 안 오믄 다 조지삐제. 비 오는 거 하고 물주는 거 하고는 여엉 딴판이라. 비는 쪼맨만 와도 땅이 속닥하이 젖는긴데 물은 쌔빠지게 갓다 부도 땅 가죽만 젖는기라. 차암 히안하제. 갓다 부운 물은 소양이 읎서. 비가 와야제.

바라, 니 손에 흑 무치나. 함부레 그라지 말고 저짝에 가서 기경이나 뎅기다가 오이라 고마. 아이갸, 그라모 저 조리에 물이나 뜨가 요래 살째기 뿌리기나 하제. 난중에 다 싱구고 나믄 저저짜 밭뚝에 너풀너풀한 머구이파리 떧어가제. 살랑살랑 데치가 쌩멸치 찌진거 언고 쌈싸 묵거로.

인자는 심이 드러 일도 몬해 묵것서. 다뎄기라. 무다이 흑내가 나는기 땅이 부리는 기지. 아홉 살 때부텀 삼 삼고 열서너 살부텀 품엣시하고 날마당 지심이나 메고 일만 시킷서. 핑상 지심만 멧서. 울 아바이가 내한테 글이나마 쪼맨 갈차주시믄 우뜩케든 배와갓고 글벵신은 민햇을낀데. 상골짝에서 크서이

핵교도 몬갓지 머. 허연 옷은 가매솟에 불떼가 재물을 내가주고 칼커리 빠라 입엇제. 직금 사램들은 그란거 다 모리제. 고르케 사라서이 운제 머 글짜 디다볼 여가 잇거더나.

그노므 지겹은 삼 몬 삼은지 하마 밀해 안 지낫제. 베틀은 시방도 쩌그 고방에 잇서. 내가 클 쩍에는 질쌈 몬하믄 시집도 몬 갓다 아이가. 옷도 몬 어더 입고 밥도 몬 어더 묵엇제. 그라이 그거를 안 하고 베기나. 핑상을 베를 낫서. 넘들은 다 뱅기 타고 뎅기쌌는 기경 한 분 몬 가봣제. 허이구 뱅기가 머꼬, 기경이 머꼬….

울 아바이가 집 박게는 한 재죽도 몬 나가게 하이 박껏 시상이 우떤지도 모리고 시집이라고 갓더이 시어무이도 성질 그파고 이녁도 그패. 그려도 시아바이는 쪼맨 들해. 밥 해다노으믄 시아바이 얼골은 안 치다보고 시어무이 얼골보탐 치다봣서. 무다이 겁시 나. 시집을 가믄 버부리 삼 년, 기머구리 삼 년 봉새 삼 년 해서 석쌈년인기라. 내를 그래 부리 묵으도 시어무이는 모실만 짤짤 뎅깃지 일은 안해서. 그러이 말만 조치. 말로 하믄 동내서 울 시어무이 이길 사램이 읎서.

이녁이 시상 베린 지가 열데여섯 해가 지냇는갑다. 안 울기는 와 안 우나. 든 정은 읎시도 난 정은 잇다꼬 그 담시는 메지막 질 아이가. 미와도 우짤 수 읎제. 곡 다햇지 머. 내 고상 찌지리 시킷서도 욕해쌌는 사램 읎으이 저 시상에서도 핀히 쉴끼라 머.

절머슬직엔 일만 하니라꼬 장에도 몬가바서. 삼이우지 누가 장에 가믄 자반괴기 한 손 사도라꼬 시킷지 머. 이녁 시상 베린 디로는 곡슥을 쌔가 빠지게 질머지고 가가 파라서 사왓제. 요세는 전짓불 씨제. 깍쟁이불 씨다가 전지불 딜어옹께 조키야 조체. 그라믄 돈이 마이 나가.

내삐릴 수도 읎고 기양 헛처서 쌕이 나믄 가가 메주고 머. 숨궈고 메고 그럴직에 꿈직거리다 드러오믄 게로와서 자삐제 머. 점두룩 읍드래 일해도 허리 아파 몬하진 안해. 하기 시러 몬하제. 그래 논게 일해 묵엇지 머. 아푸몬 하능가. 올부텀 논 빼미랑 받쪼가리도 넘헌테 조삐고 심든 일은 별라 읎어. 그라이 핀해가꼬 이래 안잣제. 집이 쪼맨 즉즉하이 그릿제 이레저레 업띠리 잇다 보믄 이집 구신이래도 데야제. 넘헌테 거슥한 소리 안 딛고 내사 넘의 거 손 안 대고 살고 내 복에 머 사랏제. 그릿제.

들딸네

매화산 멧부리에서 막 햇귀가 번지고 있었다. 꽃답게 꾸민 들딸네는 지게에 이불 두 채와 버들고리를 포개어 진 짐꾼을 따라 고갯길을 오르며 입술을 감쳐문다. 눈물이 그렁한 눈으로 돌아보고 또 돌아보아도 산기슭엔 왜바람만 들고 났다.

들딸네는 어미가 품앗이로 모를 심다가 급하게 되어 이웃 보리논에서 낳았다 하여 지어진 이름이다. 품앗이를 받는 수더분한 논의 안주인이 바라지를 하고 미역국을 끓여 자배기째 보리논으로 이고 왔다던가.

그미는 자라면서 낯빛이 참 고왔다. 잡힐손이 좋았고 눈썰미가 있어 음식과 바느질 솜씨는 말할 것도 없었다. 웃어른을 바른 몸가짐으로 모셨으며 아이들을 푼푼하게 돌보았다.

　모르는 사이 열아홉 꽃나이가 되었다. 재여리 할멈이 바삐 드나들더니만 손돌이추위가 가신 어느 날, 동네 사람들의 한 살매 잘 살리라는 부러움을 받으며 시집을 갔다. 그런데 반 년 남짓 지났을 무렵부터 들리는 말들이 술렁술렁하였다. 들딸네의 신랑이 병이 몸에 배다시피 하여 시난고난하더니 그만 세상을 떠났다네. 빗들은 말일지라도 도령귀신이 안 되려고 병을 숨기고 장가를 든 것이라면 사람새가 참 츱츱하다.

　시집 식구들은 음식에 솜씨를 내느라 비싼 양념을 헤프게 쓴다, 같잖게도 바느질까지 맵시를 낸다는 둥 하는 일마다 트집을 잡았다. 달포쯤 입어도 이러쿵저러쿵 할 사람은 없는데 별쫑나게 아까운 비누를 처바르며 옷을 자주 빨아 입는다고 타박이었다. 시집 푸네기들의 갖은소리 뒤에는 마음이 놓이지 않는 무엇인가를 숨기고 있었다.

　그즈음 두어 해 거푸 찔레꽃가뭄이 들었고 보릿고개 시절이었다. 홀로 된 새파란 며느리가 버거웠으며 땟거리가 모자라는 살림에 남의 자식을 먹여주고 거두어 줄 느긋한 마음이 없었으니까. 눈꼴틀리니 어서 제물에 나가기를 바랐다. 그러구러 건몸 달던 들딸네는 하얀 치마저고리를 입고 어스레한 저녁답에 발맘발맘 고갯길을 넘어왔다.

보릿고개를 넘기는 사이 아이들 얼굴에 노랑꽃이 피었다. 떼떼이 모이기만 하면 설익은 보리 이삭을 뽑거나 주렁주렁 매달린 에콩(완두콩) 콩대를 모닥불에 올렸다. 불에 그슬린 풋보리와 콩을 손바닥으로 싹싹 비며 후후 불어 껍질을 날리고 말랑말랑한 풋 알갱이를 입에 넣는다. 입가와 코밑이 거뭇거뭇해지면 너도, 나도 쳐다보며 짜드라웃는다. 어른들은 풋바심을 하면서 힘이 없어 허정거렸다. 노르스름한 보리를 한 움큼씩 베어다가 죽을 끓여 먹었다.

향기가 슬퍼 살랑바람에도 문득 흔들리는 꽃, 버덩에 찔레꽃이 피었다. 덤부렁듬쑥 가시넝쿨에서 하얀 한숨을 다보록다보록 쏟아내었다. 먼 산의 목쉰 풀꾹새가 가리산지리산 구슬프게 운다. 풀잎에 아침 이슬이 송알송알 열리고 온종일 숲정이가 듣그러워졌다.

저녁을 에울 옹솥에 물만 부어놓고 산나물 들나물을 캐러 다녔다. 먹으나 굶으나 날마다 주전거려도 입이 구쁘고 손등이 두꺼비 등짝 같았다. 나무비녀를 꽂아 쪽을 찐 어미가 쪄낸 쑥버무리, 어찌 그리 오달지던지.

들딸네가 친정집으로 돌아온 이듬해였다. 보리밭이 누릇누릇 익었고 탱글탱글 살이 올랐다. 바람꽃이 일 때마다 일렁일렁 어지러웠다. 곱삶은 보리밥을 대소쿠리에 담아 시렁 끝에 걸고 삼베 밥상보를 덮어두니 하무뭇하다.

세월이 하마 이만큼 흘러왔나 싶었다. 진일 마른일 없이 손 댔다 하면 또려지게 갈무리하던 들딸네는 나보다 여남은 살은 더 먹었다. 가슴으로 낳은 자식 둘을 혼잣손으로 어연번듯하게 키워서 시집 장가보냈다.

심심함을 잊으려고 그러는지 쇠비름과 질경이가 제멋대로 자라 우북한 텃밭을 바지런하게 매고 있었다. 밭머리쉼을 하는 옆에 앉아 매화산 멧부리를 바라보니 햇무리구름이 높다.

살강

서까래에 앉은 그을음이 검정색 우단처럼 반드르르하고 넓살문 사이로 거미줄이 넘늘거렸다. 정짓간 벽 가운데쯤 대나무 쪼가리를 발처럼 촘촘하게 엮어서 드린 살강에 대접이며 접시, 밥그릇들이 새치름하게 엎드려 있다.

물기를 말렸다가 때가 되면 밥그릇은 싸라기밥이거나 곱삶은 꽁보리밥이거나 무밥을 담았다. 목숨 수壽와 복 복福 자가 푸르게 찍힌 사기 밥그릇에 고봉으로 담은 무밥은 고슬고슬한 맛은 없어도 달굼했다. 무를 굵게 채 썰어 밥을 지으면 톡톡 터진 보리쌀이 섞여 있어도 밥맛은 달았다.

국그릇은 오가리솥에서 끓인 시래깃국이거나 쑥국도 뜨고

콩나물국이거나 김치국밥도 떴다. 접시는 광대나물이거나 시금치나물과 돌나물을 담았다.

여름에는 식은 밥이거나 삶은 국수, 봄가을 겨울엔 찐 감자나 고구마가 밥상보에 덮여져 살강 위에 얹는다. 가끔 노릇노릇한 누룽지도 얹어 놓는데 생쥐란 놈이 먼저 맛을 보곤 하여 어머니가 휘두르는 부지깽이에 놀라 잽싸게 달아나는 꼴을 보기도 한다.

뒷문을 열면 거기, 수더분한 장독과 털버덕 주저앉은 옹기들이 있고 달빛이 환했다. 할머니와 어머니의 맛깔손이 있고 물 한 사발이 드맑았다. 장독대와 뒷문으로 드나드는 일고여덟 짧은 걸음에도 마음 졸이며 애를 태우는 비손이 있었다.

음력 이월 초하룻날이면 바람할미도 모신다. 대나무 가지에 파랑 노랑 빨강 하양 검정색 천을 매달아 장독대 옆에 세워 둔다. 햇귀가 솟을 때 새 바가지에 물을 담아 장독 위와 살강에 짚으로 똬리를 틀어 올려놓고 집안의 아무 걱정 없이 바라고 원하는 일을 빌며 소지를 올린다.

어머니는 엇박이 자식 다섯의 끄레발을 거니채고도 주름지고 간간한 치마폭에 품으면서 정짓간으로 들면 날면 하였다.

도둑눈이 내린 날은 무쇠 솥에 새벽동자를 짓는 아궁이에 불을 가만가만 지폈다.

어느 해 보릿가을 무렵 품삯을 미리 정한 돈내기로 모를 심어주고 번 돈으로 돼지새끼 한 마리 사서 우리에 넣고 다독였건만 이틀 만에 죽고 말았다. 서너 달 키워서 팔면 집안 살림에 짭짤하게 보탬이 되곤 했는데….

정지문을 안으로 지그리고 살강 앞에서 그렁그렁한 눈물을 치맛자락으로 닦아내던 어머니는 구멍수가 있는 듯 그늑하게 김이 모락모락 오르는 아침상을 차렸다. 곱삶은 보리밥에 겉절이 김치랑 된장찌개가 놓인 쥐코밥상이지만 참 만났다.

아마도 열두세 살이었지 싶다. 서너 말들이 물두멍의 물을 떠 마시려고 살강에서 사기대접을 내리다가 바닥에 내동댕이치듯 떨어뜨렸다. 대접은 깨어지면서 여기저기로 튀었다. 어머니는 흩어진 사금파리를 주워 모으며, 우째 그리 선머서마맹키로 덤벙거리노. 고추 먹은 소리로 나무랐다.

그러고 나서 저지레를 하지 않으려고 박 바가지로 물을 떴다. 귓전으로 들었던 꾸지람은 간데없고 가벼운 바가지가 물두멍의 물에 닿는 순간, 물이 움직이는 힘이 느껴졌다.

살강을 보면 어머니의 마음자리를 알 수 있었다. 더러 아버지와 삐걱거린 날에는 가지런했던 살강은 헝클어지고, 고구마를 찌거나 누룽지를 얹어두지 않았다. 따신 내가 살랑살랑 오르던 솥전 둘레에 쌩한 찬바람이 맴돌았다.

살강 밑에서 집장 항아리에 푸르뎅뎅한 꽃이 피었다. 안쪽으로만 삭히던 응어리를 해를 넘기며 한 움큼씩 덜어내면 빈자리가 자라나 항아리를 채웠다. 숯과 붉은 고추, 금줄을 둘러 마음을 다스렸고 티끌이 들까보아 뚜껑을 꼭꼭 여며 덮었다. 집장으로 거듭나기 위함이었다. 항아리를 꽃등으로 열었을 즈음 삼베적삼 속에서 피어난 땀띠마저 톡톡 쏘았다.

살강은 어머니의 삶이었다.

아버지의 계보

병진년(1976) 타오름달. 반성중학교를 물러 나오면서 퇴직금 봉투를 고스란히 장학금으로 내놓으신 아버지가 소맷부리를 걷고 일손을 붙든 것은, 밀양 손씨 계보를 새롭게 만드는 일이었다. 계보는 보통 이삼십 년을 기준으로 하여 잘못된 부분을 바로잡아 고치거나 모자라는 내용을 더 보태기도 한다.

계보를 만들려면 문중 회의를 열어 편수와 앞으로 일을 치러 나아갈 방향과 계획을 세우고 각 파에 알리면서 자손들에게 단자를 거두어들이게 된다. 단자에는 한 사람의 파계와 이름과 자와 호, 시호, 생몰년 월 일, 관직과 봉호, 학력과 직업, 덕행과 충효, 문장 저술과 무덤의 위치와 좌나 향, 제삿날, 혼인 관계, 남녀 구별, 자녀와 외손을 적어 보내면 이를 모아서 가다듬는다. 특별히 뛰어난 조상은 행장기와 묘지명, 신도비명과 후손들의 항렬자나 가훈도 올린다. 첫머리에 계보의 의의와 겨레붙이의 근원과 내력을 기록한 서문을 싣고 예전의 계보에 실렸던 서문도 아울러 싣는다. 다음에는 한 가계의 맨 처음이 되는 조상이거나 기울어진 가문을 다시 일으킨 조상의 역사와 전기를 기록한 문장을 올리고, 시조의 무덤과 향리지도를 나타낸 도표가 들어가며 아래쪽에 일러두기를 넣는다.

이 모든 일에 들어가는 돈도 예사롭지 않았고 어머니가 가분재기로 맡아서 해내야 하는 온갖 잔손불림이 많았다.

가마솥더위에도 모시나 삼베로 삯바느질을 해주고 푼푼이 모은 모갯돈을 보태기도 하고, 몇 달을 애써 키운 돼지를 내다 판 돈도 계보 만드는 일에 썼다. 태어나서 서로 한 번도 만나지 않았고 이름도 얼굴도 모르고 살았던 사람들이 밀양 손씨 몇 대 손이요. 하며 대구에서 전라도에서 서울에서 충청도에서 부산에서 마산에서, 경남 어디에서 날마다 찾아오는 그들의 밥상을 차렸다.

아버지는 신라 구례마의 후손인 손순을 시조로 하여 먼 윗대 조상들의 성함과 핏줄을 이어 태어난 세대들의 이름을 빠뜨리지 않고 다듬으며 썼다. 이리 굽고 저리 휘어지면서 어려움도 많았으나 갑자년(1984) 『밀양 손씨 대동보』 열 권이 세상에 나왔다.

우리나라 족보는 대동보大同譜와 파보派譜로 가른다고 하는데, 대동보는 맨 처음이 되는 조상에서 나온 본줄기와 그 자손 전체가 여러 갈래로 나누어진 관계를 기록한 계통록系統錄이다. 파보는 대동보에서 나누어진 자손을 기록한 족보이다. 파派를 구분하는 까닭은 후손들이 같은 핏줄에서 갈려 나온 관계임을 명확히 하고 촌수를 분명하게 따지기 위함이란다.

첫머리를 읽어보려 했으나 거의 한문으로 적혀있어 뜻을 알 수 없으니 새겨볼 만한 글월을 찾아내지 못했다. 장을 넘겼더니 누가 언제 몇 대 손으로 태어나 누구와 혼인하였고 언제 세상을 떠났으며 그들의 자손은 누구누구이다. 로 끝맺었다. 두 번째 계보 어디쯤에 윗대 조상님부터 이어지면서 내 이름과 곁가지로 당신의 외손들 이름을 눈여겨보면서 모두숨을 쉬었다. 책장을 후루룩 넘기다마는 나를 지켜보던 아버지가 한문으로 된 문장을 꼼꼼하게 짚어가며 일러주셨건만, 효성스럽지 못해서인지 여태까지 기억에 남아 있는 것이 없다.

두 해를 계보 만드는 일에 온 마음을 다 쏟은 아버지는 늘 흐뭇해하셨다. 이제 눈을 감아도 여한이 없다고 하였다. 할아버지와 할머니의 묘 앞에 계보를 바치며 절을 올리고 당신이 할 일을 다 마쳤습니다 하셨을까.

밤하늘에 별이 총총 맑게 떠 있다. 오리온자리는 우주에서 으뜸으로 아름다운 성운이라고 들었다. 지금 막 별이 태어나려는 놀랍고 좋은 곳이라고. 별이 만들어지는 것은 우주의 별과 별 사이에 퍼져 있는 차가운 수소분자 속의 가스와 먼지의 구름들이라고.

어린 시절 가끔 친정 나들이로 오시던 큰고모가 여름밤 평상에 나와 앉았다가, 하늘에서 유성이 매화산 쪽으로 가로질러 빠르게 사라지는 것을 보고 영혼 하나가 산너머 갔다고 하였다.

아버지는 계보 한 질을 남기고 무인년(1998) 열매달에 돌아가셨다.

운천리 이발소

나지막한 매화산 능선이 삼태기처럼 감싸 안은 고향 마을 한가운데로 도랑물이 흘렀다. 물은 마을 어귀에 벗나무 한 그루가 서 있던 둑 밑을 휘돌아 내려가다 큰 냇물을 만나고 거칠게 뒤채다 멀리 진주 남강의 아래쪽 두 물머리에서 보태어졌다. 백 살은 넘었지 싶은 모징이 들판 둑의 포구나무 굵은 가지에 마을 청년들이 매어 놓은 그네를 뛰거나, 논우렁이를 잡거나 찔레 순을 꺾어 먹던 내 어린 시절이 거기, 있다.

빙글빙글 돌아가는 청홍백색의 보람판. 시멘트로 만든 물통 옆으로 반들반들한 얇고 작은 흰색 도자기 판으로 마무리한 세면대와 양철 물뿌리개. 이쪽저쪽 맞은편 벽을 가로질러 놓은 철사 줄에 바둑판무늬의 빨간 수건이 예닐곱 장 널려있고. 손잡이를 당기면 뒤로 눕혀지는 높은 의자의 팔걸이에 키 작은 아이들을 앉히려고 널빤지를 가로질러 놓았다.

오랜 세월 쓰고 매만져서 길이 잘 든 이발기와 크고 작은 가위와 은백색의 알루미늄 빗이 거울 앞에 가지런하다. 날이 접혀있는 면도기와 흰 사발과 거품 솔이거나 포마드 머릿기름. 시꺼멓게 그을린 채 툭 튀어나온 기둥에 면도날을 쓱쓱 문지르는 거무튀튀한 말가죽 띠가 매달려 있고. 수은이 드문드문 벗겨진 큰 거울은 이마가 길어졌다가 콧잔등이 이마보다 더 넓게 보였다가 입이 옆으로 길어지기도 하였다.

일요일이면 서로 뿌리를 잇대고 사는 네 마을의 중간쯤 되는 곳에 자리한 이발소에 겹겹으로 껴입은 속옷들이 비죽이 내보이는 아이들로 꽉 찼다. 흰색 덧옷을 입은 아저씨는 이발기를 자주 씻지를 않는지 쓱쓱 밀어붙여 남자 아이들의 머리 밑에 기계독을 옮아 놓기도. 이발기의 바닥이 정수리를 획획 지날 때마다 새하얀 속살이 길을 내고 아이들은 눈물을 찔끔거렸다.

희끗희끗 서캐가 붙은 머리털이 뭉텅이로 도르르 떨어진다.

가위질을 마친 아저씨는 목덜미의 머리카락을 털어내고 입으로 후후 불었다. 그러고는 비눗조각이 담겨있는 흰 사발에 물을 붓고 거품 솔로 부걱부걱 빠르게 저으면서 거품을 내었다. 차가운 거품을 듬뿍 묻혀 목덜미와 이마에 쓰윽 바를 땐 움찔거리고. 면도를 끝내고 나면 바둑판무늬의 수건으로 면도날에서 밀려나온 머리털과 남아있는 거품을 닦아내고 뽀얗게 분가루를 뿌려주었다.

어른들의 머리는 가위랑 빗을 따로 꺼내 윗머리치고 중간머리를 친 다음 숱치고 마무리치기를 하면서 야물딱지게 깎았다. 큰 빗과 작은 빗, 면도칼을 바꿔 쥐는 아저씨의 손에 굳은살이 박여 있더라.

마을 사람들은 농사를 짓거나 봄가을 누에를 섶에 올리고 소와 돼지를 기르거나 푸성귀를 가꾸면서 살았다. 아저씨네 다솔한 가족들이 아랫마을에 들어온 것은 해가 길어지는 어느 초여름이었다. 나무를 옮겨 심으면 삼 년은 뿌리를 앓는다고 하는데 아저씨도 몇 년 뿌리를 앓으며 살았다. 그는 초등학교를 졸업하고 농사일을 거들다 군대에 갔다 왔으나 뭘해서 먹고 사나 싶어 아득해지더란다.

그즈음에는 기술을 배워야 살 수 있다고들 했다. 기술을 배우면 먹여주고 재워주니 집에서 입 하나 줄이는 것도 대단한 일이었다. 이발 기술을 배우고 따로 떨어져 나와 혼자 손님을 맞기까지 꼬박 다섯 해가 걸렸다. 그다지 넉넉하지는 않더라도 어린 자식들이 모락모락 커가는 모습을 보거나 한자리에 옹기종기 앉아 구순하게 노는 양을 보면 가위를 쥔 손에 저절로 힘이 났다던가. 얼굴이 두툼하게 잘 생기고 머리를 깎는 솜씨가 좋아서 그랬는지 해가 갈수록 이발소에 드나드는 사람들이 많았다.

비좁은 이발소에 늦게 왔다는 생각보다 기다리는 것이 싫어서 배배 비틀고 주니내다가 회백색 벽에 눈길이 멎었다. 거기, 이발사 면허증과 누렇게 색이 바랜 태극기, 그림 하나가 걸려 있다. 원판을 찍어 낸 듯 보이는 그림은 초가와 물레방아가 있는 시골 풍경이었다. 고추를 말리거나 맷돌을 돌리며 마당에서 일하는 아낙네 가까이 닭이 모이를 쪼거나, 빨래하는 어머니와 황혼녘 쟁기를 지고 집으로 돌아오는 아버지를 그린 그림이었다.

눈을 지릅뜨고 그림을 보는데 물레방아는 한 번도 물을 안

고 돌아가지 않았고 맷돌도 돌지 않더라. 해는 떠오르거나 서
산으로 넘어가지도 않았으며 빨래하던 어머니와 쟁기를 진 아
버지는 집으로 돌아온 일이 없었지.

어디가 아팠는지 오랫동안 누워있던 아저씨가 긴 겨울을 못
넘기고 쓰러졌을 때 화톳불이 피어올랐던 밤, 별이 강그라지
면서 보였다 안 보였다 했다. 펑펑 함박눈이 하얗게 상여 꽃
위에 쌓였다. 당목 치마저고리를 입은 아낙네들의 구부린 등
에도 눈이 쌓였다. 상여의 앞쪽 새끼줄에 마을 사람들이 떼꾼
한 얼굴로 저승 노잣돈을 비틀어 매주었다. 그것들은 간간이
부는 된바람에 퍼렇게 떨었다. 상여는 산 속으로 들어가며 이
제 가면 언제 오나, 를 후렴으로 남겨 놓았다.

깨진 유리창에 초록색 접착 띠가 엇갈린 길처럼 붙어 있던
운천리 이발소. 창틀이 어긋나고 보람판이 몽글어져 기우뚱
걸려있다. 물을 데우던 난로는 녹이 슬어 붉더니만. 이제 이발
소는 빈 터만 남아 오가는 발길이 줄어들고 잡초만 무성하다.

지우개

어느 해 늦가을쯤 내 생일날이었다. 미역국과 노릇하게 구운 생선과 나물 두어 가지를 담아 친정엘 갔다. 밥상을 차리려고 부엌방 문을 여는 순간, 갇혀있던 검은 연기가 떼구름처럼 밀려 나왔다. 가스레인지 불은 퍼렇게 날름거렸다. 손부채질을 하며 부리나케 불을 끄고 창문과 뒷문을 열었다. 온통 맵고 싸한 냄새 때문에 목이 따끔거리며 기침이 거푸 터져 나왔다. 녹아내린 냄비는 새카맣게 타버렸다.

어머니는 놀라기도 하고 어처구니없는 듯 뒷짐을 쥔 채 멍하니 서 계셨다. 속에서 응어리가 북받치려고 하는 것을 그냥 꿀꺽 삼킨다. 수세미에 물비누를 퐁퐁 떨어뜨려 냄비를 닦고

또 닦았다. 켜켜이 눌어붙은 딱딱하고 꺼칠꺼칠한 어머니의
삶이 자꾸자꾸 벗겨졌다.

어떤 지우개가 어머니의 콧속에 든 점막까지 쓱쓱 지워버린
것일까. 시래기를 삶거나 고등어조림을 하거나 된장찌개를 끓
이다가 많은 냄비를 태웠다. 빨래를 삶다가 집에 불을 낼 뻔한
일도 있었다.

어머니의 생신날이 든 음력 사월과 설 추석을 쇠러 서울로
가시는 일주일쯤 집을 비우는 사이 친정집에 사나흘 드나들면
서 청소를 해온 지 몇 년째다. 올 설에도.

방 세 개와 마루, 부엌과 두 군데 화장실까지 구석구석 쓸고
닦았다. 꼬질꼬질 때가 끼어서 닦아지지도 않는 플라스틱 대
야, 시커멓게 탔거나 손잡이가 떨어져 나간 냄비, 한 번 쓰고
버리는 병, 검은 비닐봉지 뭉치, 바닥이 다 긁힌 지짐판이랑
유리병들을 가려서 쓰레기봉투에 넣어 묶었다.

어머니는 좀처럼 음식을 버리지 않는다. 임석 씨레기가 와
나오노? 아는 사람들이 맛맛으로 갖다주는 먹을거리를 모두
냉장고 안에 착착 포개 놓는다. 반찬통 뚜껑도 닫지 않고.

미리 들통 두어 개를 찾아 놓았다. 냉장고 문을 활짝 열어젖

히고 물기가 말라 굳어졌거나 곰팡이가 피어 문드러진 음식들을 들통에 쏟아부었다. 여남은 번 계단을 오르내리며 텃밭에 구덩이를 파고 묻었다. 주저앉고 싶을 만큼 다리가 후들거렸다. 어디선가 썩은 냄새를 맡았는지 고양이 서너 마리가 내 눈치를 보며 어슬렁거리고.

냉장고 안의 시렁을 빼내어 찐득하게 엉겨붙은 반찬 국물 자국을 무딘 칼로 긁어내고 말끔하게 닦았다. 물에 불려 두었던 반찬그릇들을 와그작와그작 씻어 물기가 빠지도록 대소쿠리에 엎어놓고 돌아서니 허리가 빠개지는 듯 꺾였다. 온몸이 무겁고 입 안이 소태같이 썼다.

어머니와 함께 밥을 먹는 날은 한 달에 두어 번이다. 점심 먹으러 가겠다고 전화를 걸면, 배끼 머하로 올라쿠노. 고마 오지마라. 그러고는 현관문을 여는 나를 맞으면서 입고 나갈 옷부터 챙긴다. 언제부터 그랬을까. 어머니는 음식을 만들어 먹고 치우는 일을 귀찮게 여긴다. 십 년 이십 년이 지나고 나면 나도 어머니를 닮아 있을라나.

음식점에 앉아 밥을 먹으면서 니 맛 내 맛을 못 느끼는 어머니는 대접을 들고 남은 국물을 들이켠다. 대접에 가려 낯빛은 보이지 않고 그릇을 잡고 있는, 거무스름한 검버섯이 핀 손등이 눈에 들어온다. 열여덟 살에 시집와서 다섯 자식을 낳아 기른 짧고 뭉툭하지만 아직도 아귀힘이 있어 보인다.

어따! 잘 묵었다. 까치집을 지은 것처럼 헝클어지고 뭉친 머리카락. 하얗게 마른 입술에 지우개밥 같은 웃음이 푸슬푸슬 흩어진다. 고향 마을의 이웃에 살았던 누구누구 댁을 아느냐고 물으면, 그사램들이 누고? 보믄 알랑가. 듣니 첨이다.

겉으로 나타나는 낌새로 보아 정신이 자꾸 흐려지는 것 같아 가슴이 아프다. 지워지고 남은 지나간 시간의 그림 몇 장과 짤막짤막한 지금의 생각들이 뒤섞여 언뜻언뜻 나타났다 사라지곤 하는, 어머니의 머릿속에는 무엇이 돋을새김 되어 남아 있을라나.

텃밭을 읽다

나는 문학의 참됨을 데알면서도 잘 아는 척, 어제도 내일도 글을 쓴다. 길허리 어디쯤에 샛길이 있는지 눈여겨보지도 않아서 돌아갈 수도 없다. 자그마한 텃밭에 글 씨앗을 심고 올찬 열매를 거두어야 하겠기에.

어느 뉘의 가슴을 설레게 했던 까만 글자가 제 몸을 뒤척이며 내뿜는, 푹 끓여서 윗물이 툭툭하게 어리는 구수한 숭늉 맛이거나 쌉싸래한 커피 맛 같기도 한 냄새. 그 냄새가 좋아서 도서관과 책방을 어지간히 들락거렸다.

초등학교 육 학년. 진달래 꽃잎을 따먹고 찔레 순을 꺾느라 뻐꾹새의 먼 울음이 들려오는 산등성이를 놓인 소처럼 오르내

렸다. 골목 어귀에서 비석치기와 공기놀이, 땅따먹기 놀이에
해 넘어가는 줄 몰랐으니. 보다 못한 아버지가 읽고 나서 느낌
을 써내라며 사 주신 책이 『저 하늘에도 슬픔이』이다.

갑진년(1964) 대구 명덕초등학교 사 학년이었던 이윤복의
일기를 담임 선생님이 다듬어서 세상에 내놓은 책이었다. 이
윤복은 일기에 이렇게 썼다.

'점심때가 좀 지나서 나는 껌을 팔러 나가기가 싫었지만 또
한 끼 굶을 것을 생각하니 한 푼이라도 벌어야겠습니다. 국수
라도 사서 삶아 먹겠다고 비를 맞고 시내로 들어갔습니다.'

'어머니가 돌아오시면 온 집안이 얼마나 기쁘겠어요. 어머
니, 아버지가 미웁더라도 하루빨리 집으로 돌아와서 같이 살
아요. 아버지는 지금 얼마나 어머니를 기다리는지 몰라요.'

바르고 곧게 살아가는 모습을 담은 이 일기는 세 편의 영화
로 만들어지기도 했고, 그즈음 온 국민의 마음속에 깊이 새기
게 해주었다. 이윤복은 신묘년(1951) 경상북도 성주군에서 태
어나 경오년(1990) 서른아홉 살에 세상을 떠났다. 밤새 책을
읽으며 눈이 퉁퉁 붓도록 울었던 기억이 새롭다.

이런저런 책을 읽고 느낌을 쓰느라 진저리를 치는 사이 중

학생이 되었다. 삼사월을 보내면서 서툴지만 여학생 티를 요만큼 낼쯤 학교 도서관엘 갔다. 가지런히 네 벽을 가득 채우고 있는 책을 눈셈하면서 삼 년 내내 다 읽고 졸업해야지. 책시렁에서 꽃등으로 뽑아낸 것이 오 헨리의 단편소설『마지막 잎새』였다. 중학교를 졸업하고 도서관 일을 보고 있던 한 선배가 나를 쓱 치훑어보더니, 그 책을 일 학년인 니가 이해하겠나?

수업이 끝나면 해거름이 질 때까지 도서관에 앉아 염상섭 김동인 김유정의 소설을 읽었다. 세계에서 이름이 널리 알려진 작가인지도 모르고 헤밍웨이와 톨스토이, 셰익스피어의 슬프고 애달픈 소설들을 그냥 팔랑팔랑 넘겼다. 김영랑의『모란이 피기까지는』. 김소월의『진달래꽃』에 실린 시를 똑같이 옮겨 써보기도. 진달래꽃잎을 짓이기지 말고 사뿐히 지르밟으며 가시라는, 보내놓고 죽어도 눈물은 흘리지 않겠다고 다짐하는 이별의 아픔을. 봄이 찬란한 슬픔이 될 수 있다는 것도 알 듯 모를 듯. 그 선배가 말했던 것처럼 깨달아 알기까지 되풀이하여 쓰거나 읽었다.

여고 시절. 두 해 남짓 암스테르담에서 숨어 살았던 안네 프랑크가 일기장에, 종이는 인간보다 더 잘 참고 견딘다고 쓴

『안네의 일기』. 소설 속 스칼렛이, 내일은 내일의 해가 뜬다는 마지막 말을 남긴 『바람과 함께 사라지다』를 읽을 무렵 영화도 보았다. 시간 배경을 청 말기에서 중화민국의 탄생까지인데 왕룽과 오란의 한 가족이 겪는 삶과 죽음, 사랑과 질병, 전쟁과 혁명의 서사시를 엮어 쓴 펄 벅의 소설 『대지』. 영국 작가 샬럿 브론테가 쓴 초꼬슴의 여성 성장 소설인 『제인 에어』. 박종화 소설가가 세로쓰기로 내놓은 『월탄 삼국지』를 읽고 나서 어쭙잖게 폼을 잡고 다녔다.

그러구러 글을 쓰게 되면서 박경리 황석영 조정래 최명희 채만식 안수길 김주영 박완서 신경숙 한승원 작가들이 쓴, 큰 강물의 흐름처럼 깊이와 넓이를 한데 아우르는 긴 시간이 중요한 배경이 된 소설들을 읽고 또 읽었다. 세상을 비틀기도 하고 아픔을 내보였다가 더러 달달함도 살짝 드러내어 아릿한 뒷맛을 남기던 시집과 수필집. 어떤 작품에서 작가를 찾고 작가에서 글쓰기의 방법과 세계관을 발견하여 느끼고 풀이하며 견주어보고 나서 그것을 바탕으로 평가하는, 하고 많은 평론집. 집으로 보내오는 『월간문학』이거나 다른 문예지에서 뽑아낸 「평론」과 그 평론가들이 웅숭깊게 펴낸 책을 읽고 쓴 평들을 모아 묶은 열네다섯 권의 자료들.

이천오백 년 유교의 역사와 인문, 문화를 되살려 놓은 최인호의 장편소설 『유림』과 조선 시대 박지원이 쓴 『열하일기』를 읽고 묵직한 가르침을 꾹꾹 새겼다. 이문열 소설가가 풀어 쓴 『삼국지』를 기묘년(1999)에, 갑오년(2014)에 한 번 더 읽고 생각의 추를 무겁게 끌어올렸다.

몸가짐을 얌전히 하라는 뜻으로 책을 읽게 했던 아버지. 아버지의 유품을 정리하던 오빠가, 이 사전은 니가 가져가라고 건네준, 임신년(1992) 한글학회에서 지은 『우리말 큰 사전』 두 권과 다른 몇 권의 책들을 가지고 왔다.

앙증맞은 내 텃밭에 밑거름을 푸지게 뿌렸다. 두둑하게 이랑을 만들고 글 씨앗을 심는다. 가루비가 포슬포슬 내리기만 해도 검질긴 바랭이와 쇠비름 달개비가 우우 잘도 깃는다. 쏘물다 싶으면 솎아내기도 하고 지심도 매면서 쓴 글은 마디마디 내 몸에 쟁여진 응어리를 먹고 오달지게 자란다.

흙담

옆집 아재가 무너진 담장을 고치느라 떠들썩하다. 지난해 가을걷이를 하고 고방 시렁에 쟁여 두었던 짚단을 서너 아름 내려 작두로 잘게 썬다. 썬 여물과 황토를 섞어 물을 자작하게 부어 익혀두었다가 한 움큼씩 떼어서 착착 올려붙인다. 그러고 나서 사나흘 황토가 마르기를 기다린다.

마당 가녘에 세워 둔 짚 한 동을 헤쳐 놓는다. 지붕을 이고 남았던 짚동이다. 낱단을 풀어서 한 줌씩 움켜쥐고 밑동의 너절한 진잎을 추려서 가지런히 모은다. 두레박으로 퍼 올린 우물물을 잎 가득 머금었다가 푸, 하고 내뿜는다. 짚이 꼽꼽하게 물기를 머금으면 부드러워져서 비틀어 꼬기가 쉽다. 한 줄 날

새끼 위에 엇걸어 왼쪽에서 튼 짚은 오른쪽으로, 오른쪽에서 튼 짚은 왼쪽으로 촘촘하게 용마름을 엮는다.

한겻쯤 지났을라나. 담 위에 용마름을 올리고 바람에 날리지 않도록 이쪽저쪽 긴 장대를 가로질러 고샅으로 단단하게 잡아당겨 묶는다. 낫으로 들쑥날쑥한 지스레미를 보기 좋게 갈무리한다. 배등거리에 꽂았던 곰방대를 빼내 살담배를 꾹꾹 눌러 재운 대통에 불을 붙여 문다. 연기가 몽글몽글 피어올랐다가 늡늡한 아재의 콧속으로 빨려 들어간다.

담이 바깥으로 둥그스름하게 휘어진 자리에 장독대가 있고. 팡파짐하게 앉은 항아리들 목화솜 같은 햇살을 깔고 앉아 졸음에 겹다. 추마리 옆에서 앵두꽃이 방글방글하다. 빨래하러 둠벙에 가거나 논과 밭이랑에 갖가지 꿈을 심어 놓고 호미나 삽괭이를 들고 나가던 동네 아지매와 아재들. 바쁠 것 없이 머뭇거리며 주고받는 우스갯소리가 맷돌호박만큼 달달하고 차지다.

가끔 이웃집에서 떡이거나 손두부를 담은 싸리바구니와 쟁반이 넘나들고. 무엇을 나누어 주거나 빌릴 것이라도 있으면 골목을 돌아 사립문으로 들어가지 않고 담장 위로 대뜸 건네거나 돌려받곤 했다.

옆집 아지매가 실하고 연한 무를 뽑아와 다듬다가 할매, 무 시짠지 해서 잡사보이소. 하며 짚동구미에 네댓 개 담아 부엌 모퉁이 쪽 담에 올려놓는다. 울 할매가 막 동구미를 받으려는 순간, 마실 나갔다 돌아오던 아지매의 시어머니가 보더니만 도끼눈이 되었다. 주거니 받거니 말다툼에 무가 담을 넘어 이 쪽으로 날았다가 저쪽으로 넘어가기를 몇 번. 끝내는 아까운 무만 쪼개지고 찢기고 말았다.

이웃에서 어떤 일이 벌어지고 있는지 낌새조차 알 수 없는 요즘보다는 흙담이 있던 지난 시절이 그래도 따뜻했다. 담을 세워 막아 놓기는 했으나 그곳으로 세상사는 냄새와 자질구레 한 소리가 넘나들던 열림이 있었다.

인자 오랜 비와 바람으로 한쪽이 씰그러진 담장을 다 고쳤 능갑다. 풋고추 전에 막걸리 한 사발씩 마신 아재들 몇이 풋내 나는 추억을 솎아내며 벙싯벙싯 싱거워진다. 밤이 되면 처녀 총각들의 집적거림을 모른 척하는 달빛이 능청스레 담을 넘겠 지.

열한

송이

먼지답쌔기

큰방에 있는 책꽂이와 작은방의 서랍장을 바꾸어 놓으려고 책꽂이를 들어냈더니 사개가 닿았던 뚜렷한 자리. 손바닥을 힘껏 펴서 잰 길이가 여섯 뼘, 너비가 두 뼘 남짓한 방바닥엔 잿빛의 먼지가 지북하게 쌓여 있었다. 긴 네모꼴로 뗏장을 떠낸 것처럼 반듯하게 모여 앉은 먼지를 손으로 움켜 내려다 말고 가만가만 되작거리며 살펴본다.

목이 싸하다. 후, 내뿜는 입김으로도 저 생겨난 역사가 언제 사라질지 모르는데 틈만 있으면 쌓이는 재주가 놀랍다. 저희끼리 한 덩이리가 되면 무게가 있다는 것을 보여주려는 것일까. 쓸어서 쓰레기통에 던져 넣거나 바깥에 나가 털어버리는

순간, 가뿐하게 날아오를 요 가벼운 티끌이. 내가 책을 읽고
일 년에 작품 몇 편 쓰고 한 살씩 나이를 보태는 동안 먼지는
책꽂이 밑에서 겹겹이 세월아 네월아 매오로시 살았능갑다.

　냉큼 일어나 종이에 가무뜨리고 싶은 저 삶의 목록들을 적
었다. 베갯잇을 벗겨내면서 뜯어낸 실밥과 내 몸에서 떨어진
살비듬들. 신문지를 펴놓고 손톱을 깎는데 딱, 외마디 소리를
지르고 튀어 나간 초승달 같은 손톱 부스러기. 아주 짧거나 기
다란 머리카락과 이불을 엎치었다가 뒤치면 허투루 일어나던
보푸라기들. 요 검부저기들이 뒷걸음쳐 책꽂이 밑으로 모여들
면서 타시락거리지도 않았네. 두루마리 화장지를 한 움큼 떼
어 꿉꿉하게 물을 적시고 흐슬부슬 숨죽이며 눈치만 보고 있
는 먼지를 둘둘 말아 들어 올리다 옛 기억 하나 붙잡는다.

　어린 날 송홧가루 날리던 윤사월. 마을의 숲정이에는 소나
무가 우거졌고 더러 명지바람이 살랑 불기만 해도 송홧가루가
집집이 내려와 앉았다. 마루에 걸레질을 하면 하얀 종이에 연
노랑 색을 칠한 것처럼 묻어 나왔다. 비가 내린 다음 날에는
멀건 겨자 양념처럼 풀어진 채 고인 물에 주름잡고 떠 있었다.
송홧가루가 지고 나면 서풍에 날려 올라간 흙먼지가 퍼져서

하늘을 뿌옇게 뒤덮었다. 탱자나무 울타리에 널어둔 무명이불이 누렇게 너풀대었다.

먼 메아리로 들리는 풀꾹새 울음소리가 아득한 한낮이었던가. 들판의 푸른 논배미들이 노릇노릇 돌아눕는데 마을 끝자락 외딴집에서 아비가 보리 거스러미 같은 투박한 손으로 딸의 머리채를 거머쥐고 을러대었다.

오육십 년 전 시골에서는 초등학교를 졸업하고 나면 아이들은 콧물을 들이마시며 도회지로 나갔다. 여자 아이는 남의 집 부엌일을 맡아 하고, 남자 아이는 자장면을 배달하거나 온갖 물건을 파는 가게에서 심부름하던 일이 흔하였다. 한 달쯤 더 있어야 먹을 둥 말 둥 하는 보리누름 철은 어찌 그리 해도 길던지. 그날그날 좁쌀 됫박으로 끼니를 이어가는데 보릿동을 대기가 예삿일이 아니었다. 내남없이 살림살이가 넉넉하지 못하여 먹는 입을 줄였고 어른들은 그것을 사발농사라고 했다.

좁고 쓸쓸한 방구석. 낡아 찌그러진 고리짝 위에 접어 올려놓은 얇은 이부자리. 쉬이 덧나던 딸의 부엌살이와 집안에 무슨 일이 생겨 갈피를 잡기 어려울 만큼 얽혀 있으면 아비와 어미는 어지럼증을 양지쪽 햇살에 감쪽같이 숨겼다. 물동이 이는 게 싫어서, 지심을 매거나 선머슴처럼 나무하러 다니는 것이 싫어서 얼굴에 노랑꽃 피는 것이 정말 보기 싫어서. 송홧가루가 내려앉고 풀꾹새가 목쉰 소리로 울던 날. 외딴집 딸은 보따리 하나 들고 도랑치마를 매무시하며 참꽃이 짜드라 피는, 이 오름 저 오름 허리안개가 자우룩한 매화산 고갯길을 넘더니 영 소식이 없었다.

언제부터 넓은 세상으로 나가리라 입술을 감쳐물었을까. 길 따라 가면 새가 노래하고 꽃도 피는 곳에 이를 것만 같고 복되고 좋은 일들이 기다릴 것이라 여겼을까나. 애달프다. 그래도 훗날 외딴집 딸은 올차고 다부지게 말할 수 있을지도 모를 일이다. 그미 앞에 두 갈래 길이 나 있었고 한참 갈마보다 사람이 적게 다녀서 흙먼지가 일지 않고 기심을 매거나 나무를 하느라 가쁜 숨 몰아쉬지 않는 길을 갔노라고.

딸이 나간 뒤부터는 어쩐지 집안의 운김은 없어졌다. 한 푼이라도 더 보태려고 소 갈 데 말 갈 데 닥치는 대로 안팎일을 거들던 어미는, 밥을 지을 때마다 고갯길을 바라보고 하염없는 눈물과 한숨을 쉬곤 하였다. 젊어서부터 오십 평생을 밑 빠진 독에 물 길어 붓기 같은 땅파기 생활을 허덕지덕 되풀이해

살아왔다. 가뭄에 물이 더 마르듯 갈수록 생활은 바짝 말랐다. 마침내 외딴집 어미는 해가 어슬핏할 무렵 마을 앞 둠벙에서 물구나무를 섰다.

먼지는 생겨남과 없어지는 낌새를 알아채고 있지 않았을까 싶다. 황사 먼지분이 차츰 옅어지다가 산등성이 너머로 가뭇없이 사라져간다.

서랍장이거나 접이 화장대 위로 오리털 점퍼에서 빠져나온 깃털과 머리카락 두어 올이 도리뭉치더니 바닥으로 내려앉는다. 이번에는 서랍장 밑으로 거듬거듬 모일랑갑다. 밤하늘에 담겨 반짝반짝 눈을 뜨는 별들도 떠나온 별을 찾아 몇 억 광년 속으로 뛰어든다던데 요것들이 또 제가 앉을 자리를 찾아 곤두박질쳤나.

창밖에는 지금 막 소소리바람에 툭툭한 흙먼지가 일었다 흩어지고 햇살이 능청스레 허리를 펴며 저녁 먹으러 서산을 넘는 중이다. 당근 색 노을 아래서 눅눅했던 어린 시절의 기억을 접으며 먼지를 닦는다.

박물관 앞뜰에서 시를 쓰다

모시바람이 고슬고슬한 어린 가을이었다. 정축년(1997) 시월 초사흘. 제47회 개천예술제 백일장이 열렸다. 햇살 한 가닥, 바람 한 자락, 구름 한 조각 금쪽같은 날이다. 내걸린 제목은 「이웃」이었다.

어느 해 봄이었던가. 같은 층의 8호에 이사를 왔다는, 뒷목에 솜털이 보송보송한 여자가 시루떡과 딸기가 담긴 접시를 건넸다. 동글한 얼굴에 볼웃음이 싱그러운 여자는 마흔 안팎으로 보였다. 가끔 해 질 무렵이면 너풀너풀한 상추이거나 나물거리를 담은 장바구니를 들고 엘리베이터 앞에서 만났다.

그러구러 예닐곱 달쯤 지났을까. 오른쪽의 옆집 4호에 세 번째 주인이 바뀌었다. 웬수끼리 만났는지 하루 내내 악악거리며 와장창, 이사 오는 날부터 부부 싸움이었다. 잦은 부부 싸움에는 개도 안 말린다고 하더니만 흥이야항이야 나설 수도 없고 참말로 시끄러웠다.

하룻날 아침, 여덟 시가 조금 지났을까나. 누군가 문을 드세게 두드렸다. 걸쇠를 걸어놓고 한 뼘 남짓한 사이로 내다보았더니 저쪽 끄트머리의 12호에 사는 여자였다. 무슨 일이냐고 묻기도 전에 여자는 다짜고짜로 돈을 빌려달라며 버티고 섰다. 초등학교 다니는 아이들이 오늘까지 급식비를 가져가야 하는데 나중에 은행에서 찾아 갚겠다고 했다. 삼십만 원을 빌려주고 되돌려 받는 데 여섯 달이 걸렸다.

마음껏 드러내야지 하다가도 이래도 괜찮은 것인가 싶어 이야기는 자꾸 빗나가기만 했다. 젖은 나무로 피운 모닥불처럼 매운 연기로 피어올랐다 사라진다. 옆집 여자의 얼핏 살이 찐 것 같이 보이는 얼굴은 부어 있었다. 사흘거리 돈을 빌리려 다니던 12호 여자의 가족들은 빚에 쪼들려 아파트를 팔고 어디론가 이사를 가버렸다.

우리는 늘 이런저런 것들을 함께 하면서 무엇인가를 보아도 눈맛으로 안 보고 소리가 들려도 귀여겨듣지 않는다. 그렇게 온갖 것들은 가깝거나 조금 떨어져서 몸짓을 하고 말을 하는데도 깨닫지 못하고 그냥 마주하거나 스쳐 지나간다. 살면서 겪는 일들이 몽땅 녹아들어야 그늘이 생긴다고 하던데.

높이 솟은 낭떠러지에서 쏟아져 내리는 물줄기에 지느러미를 찢기며 있는 힘을 다해 솟구쳐 올라간 연어는, 모랫바닥에 알을 낳고 죽거나 자신이 태어난 곳으로 돌아간다. 지나온 길을 따라 제 흔적을 더듬으면서.

그날, 국립진주박물관 앞뜰 돌계단에 퍼질고 앉아 삼이웃에 대해 어떤 낱말을 이어가며 원고지를 메웠는지 전혀 떠오르지 않는다. 이러하고 저러하였지 여겨져 펼치려고 하면 귀한 것은 줄어들고 어렴풋했던 곁가지만 얽힌다.

전화가 걸려왔다. 제2511호, 개천문학신인상 운문부에 대회장의 붉은 도장이 꾹 찍힌 「입선 장」을 받았다.

어린 시절을 보냈던 시골이거나 산골 마을에는 절름발이거나 말을 더듬는 사람이 더러 있었다. 보통 때는 거들떠도 안 보던 어른들이 아랫마을이거나 윗마을에 급하게 알려야 하는 일이 있으면 심부름을 시키곤 했다. 그들은 칼바람이 불거나 작달비가 좍좍 내려도 궂은일을 잘 해내었다.

내가 쓴 작품들이 세상 밖으로 나와서 소금이 되기를 바란 다는 것은 내 깜냥에 넘치는 바람인 줄 안다. 그러하더라도 글 맛(작품성)과 손맛(사회성), 눈맛(참신성)이 있는 짜임새로 읽 는 사람에게 가만가만 다가갈 수 있고, 어릴 적 이웃에 살았던 절름발이처럼 군소리 없이 견뎌내는 작가로 남았으면 한다. 책을 읽고 글을 쓰는 일은 가 닿지 못하는 곳에 있는 나를 찾 아 나서는 긴 여행이니까.

세상은 빠르게 변해 갔다. 새로운 어린 가을이 찾아올 때마 다 사람들이 밀물처럼 몰려들었다. 길놀이에 모인 학생들이 지나갈 때 잘 한다, 힘 실어주고 으뜸으로 농사를 지어 모아놓 은 온갖 꾸러미를 보거나, 진주비단을 펼쳐놓은 곳을 둘러보 다 드물게는 백일장에 나와 앉은 사람들이 미쁘다. 개천예술 제 백일장은 진주문인협회의 일 년 농사이므로.

바늘 그림

입술을 오므리고 수를 놓는다. 수틀에 팽팽하게 끼운 다듬 잇살이 잘 오른 옥양목이다. 엄지와 집게손가락에 살짝 힘을 주면서 바늘을 천에 넣은 다음 바깥으로 빼낸다. 씨실 세 올, 날실 세 올씩 먼저 빗금으로 놓고 그 위에 되곱쳐 비켜 놓으면서 돌아온다. 엇갈리는 두 빗금의 바늘땀이 참 고르롭다.

지금 흥부와 그의 아내가 박을 가운데 두고 어기여라, 슬근슬근 톱질을 하고 있는 참이다. 손놀림을 멈추고 무릎 옆에 두었던 밑그림 책을 들여다본다. 둥근 박을 끌밋하게 드러내려고 하려니 잠깐 생각이 깊수룸해진다. 진한 연두색 실로 박의 밑바탕부터 수를 놓는다. 연두는 노랑과 초록이 섞인 연한 녹두색이다. 녹두는 녹의홍상에서 윗옷인 녹의를 나타내는 색이다.

녹두물이 번진다. 비어 있는 곳이다. 모자람이거나 흠 없이 비워내려고 박의 밑바탕 가운데쯤 노란색과의 나뉜 선 사이를 연한 연두색 실을 꿴 바늘이 지나가고 있다. 양쪽 가장자리에서 실은 진한 연두색으로 바뀐다. 아직 반으로 쪼개지지 않은 박 가운데는 금빛이다. 금빛은 황금과 푼푼함을 나타낸다. 박 한 덩이를 다 끝맺으려면 세 가지 색실이 있어야 한다.

밑그림에 그려진 톱의 등은 어두운 갈색이다. 박과 톱날이 뚜렷하게 드러내 보인 선으로 연한 갈색 실이 꼼꼼하게 들고 나던 손을 다따가 멈춘다. 빗금 세 땀이 박이 놓일 자리로 넘어갔으니. 옥양목은 발이 고운 면직물이라 한 번의 바늘구멍이라도 자국을 내고 만다.

꿈이었다. 허리안개가 퍼져 있는 산모롱이에서 그가 보이지 않았다. 어찌 함께 살았던 날을 하루씩 쪼가리 내어 낱낱이 이야기하랴. 능두고 곱셈해봐야 일 년도 안 살았는데. 나중에 그가 내 곁을 떠나게 되었을 때 짧은 기억이나마 오래도록 갑시게 될 줄은 몰랐다. 그러구러 혼잣손에 도담도담 자라던 아들

딸 시집 장가보내고, 꾸역꾸역 먹은 밥으로 마흔일곱 해가 아득하게 흘렀다. 기운은 노그라졌으나 마음만은 다잡고 살았다. 알알샅샅이 흩어져 스민 기억을 아무리 쓸고 닦아도 사라지지 않고 앙가슴에 자국만 남았다.

밑그림의 모눈을 한 번 더 세어보고 나서 바늘귀를 거꾸로 잡고 박이 놓일 자리로 넘어간 세 땀의 빗금 실을 사부자기 뽑아낸다.

노박이로 씨와 날을 한 올씩 엇바꾸어 짠 천으로 방석이거나 책상보, 베갯잇, 이불깃에 수를 놓았다. 곱다시 앉아 두 빗금의 바늘땀을 놓다 보면 진달래꽃이 피었다 지고, 장마가 시작되고 고추잠자리가 날았다. 손돌이추위가 지나가고 첫눈이 내렸다. 씨실과 날실 사이로 사라졌다 나타나는 바늘과 숨바꼭질하는 일이 참척하다.

수틀을 오른쪽으로 옮겨 끼우고 흥부가 부러진 제비 다리를 보살펴 주는 모눈종이 그림을 본다. 『흥부전』에서는 봄바람이 부는 맑은 날씨에 강남서 날아온 제비가 붉게 칠한 난간이거나 고운 빛깔로 꾸민 누각 다 버리고, 흥부의 움막에 들어 좋은 진흙 물어다가 처마 안쪽에 집을 지었다고 하네. 할 수 없지 뭐. 알을 낳아 품었다가 새끼를 키우며 즐겁게 지저귀는데, 뜻밖에 구렁이가 제비집에 쓱 들어가 새끼 다섯 마리를 해코지하고 남은 한 마리가 대발 틈에 다리가 끼고 말았구면. 쯧쯧. 흥부가 조기 껍질을 벗겨 제비 다리에 돌돌 말고 실로 찬찬 감아 주었다나.

검정색 실을 꿰어 제비 날개에 수를 놓는다. 다리가 튼튼해진 제비 새끼가 먼 하늘을 높이 날아보고 맑은 시냇물에 배를 사리살짝 씻으려는가. 넓은 들판에서 아장아장 걸어보고 빨랫줄에 한들한들 앉아도 보고. 바람에 흩날리는 꽃잎을 냉큼 물어도 보고 가랑비에 젖은 날개를 다듬기도 하네. 제비 배는 옅은 하늘색이다. 바늘에 하늘색 실을 바꿔 꿰고 제비 배를 그린다.

강남으로 돌아갔던 제비가 이듬해 박씨 하나를 물어와 떨어뜨리는 그림을 눈어림해 본다. 박씨는 반은 연한 갈색이고 나머지는 짙은 갈색이다. 흙과 재를 잘 버무려 담벼락 밑에 심었다더니 싹이 났구나. 쌍떡잎은 진한 연두색이다. 흥부가 산나무 가지를 꺾어 드문드문 순을 주었던 넝쿨을 지붕 위로 올렸다더니만 박 세 통이 오지게 영글었다.

짚을 이은 지 오래되어서 그랬나. 그림을 보니 노란색이라고 여겼던 움막 지붕은 연한 갈색이다. 수틀을 가운데로 옮겨 끼운다. 박 세 통이 놓일 자리를 비워 두고 수를 놓는다. 흙벽은 갈색이고 방문은 흰색이다. 흙벽을 수놓아가다 방문이 있을 곳에 올을 세어 흰 바탕 그대로 비워둔다.

금은보배를 가득 품은 두 번째 박에서 횟손이 바빠진다. 진한 청색 실을 바늘에 꿰고 스물네 땀으로 보석을 만든다. 사파이어다. 맑고 깨끗한 청색을 가진 사파이어는 왕의 보석이라 하여 목걸이와 높은 성직자의 반지로 썼다고 한다. 에메랄드는 봄이고 루비는 여름이다. 다이아몬드는 겨울, 사파이어는 가을을 나타낸다.

하늘색으로 스물두 땀, 빨간색 실로 서른여섯 땀을 빗금으로 뜬다. 박 속에서 작은 우주가 만들어지고 있는 중이다. 진한 연두색과 연한 연두색 실로 박 둘레를 채운 뒤 금빛 노란색으로 첫 땀을 뜬다.

그렁저렁 서릿바람 부는 둥둥 팔월이다. 홍부가 동네에서 도끼 꾸어다 놓고 박 목수의 큰 톱을 빌려와서 어기여라, 톱질이야. 슬근슬근 탁, 타 놓으니 박이 쩍 갈라졌다. 홍부와 그의 아내가 덩실덩실 춤을 춘다.

수틀을 왼쪽으로 옮긴다. 흥부가 입고 있는 바지는 검정색 실로 백육십 다섯 땀을 뜨고 저고리는 하늘색 실로 팔십 땀을 뜬다. 흥부 아내의 치마는 진한 남색 실로 백 쉰 두 땀을 뜬다. 저고리는 빨간색으로 서른셋 마지막 바늘땀을 넣었다가 실 끝을 맺음하고 끊는다. 깔맵게 다림질하여 뒷거두매 하였더니 횟댓보가 새뜻하다.

내일도 글을 쓴다

새벽 두 시다. 원고를 보내야 하는 날짜가 일곱 날밖에 남지 않았다. 바깥을 내다보니 밤안개가 자옥하다. 허리가 아파 일어섰다가 앉았다가, 자리에 누워 두 다리를 올리고 요가의 몸짓인 후들후들 떨기를 되풀이하기도.

울 옴마 말마따나 날보고 머리에 억새꽃이 피고 허리 아프도록 왜 글을 쓰는가, 묻는다면 할 말이 엄청시리 많을 것 같은데도 우째 이 물음에는 살얼음 위를 걷는 듯 조마조마해서 몸을 곱송그린다. 한 소설가는 견디기 위해서, 라고 말하더란다. 그 소설가의 말이 맞는지도 모르지.

우리 마을에서 매화산 고개를 넘어 학교로 오가는 길에 서

울로 올라가거나 전라도 어딘가로 내려간다는 철길이 놓여 있
었다. 아이들은 뜀박질을 하다가도 기차가 지나가면 건널목
멀찌감치 서서 손을 흔들었다. 어쩌다 창문 옆에 앉은 사람들
이 손을 내밀고 흔들어 주기도 했다. 나는 기차를 타고 다른
곳으로 떠나는 사람들이 부러워서 몸을 깨웃거렸다.

중학교 이 학년, 기차 타고 서울로 수학여행을 갔다. 사나흘
을 머무르면서 창경원과 창덕궁, 워커힐과 남산, 장충체육관
과 케이비에스 방송국을 둘러보았다. 그러고 나서 국어시간에
기행문을 써냈는데 어떤 말을 이어가며 무슨 이야기를 썼는지
아무리 헤아려보아도 떠오르지 않는다.

스물네 살 어느 날이던가. 딱 한 번 맞선보고 결혼하는 사람
들이 많았던 그즈음 다른 한 줄기의 물을 만나 더욱 깊은 강을
이루며 흘러가리라 생각했었다. 서로 내세우거나 티격나지 않
으면서 어우러져 흐르는 강물처럼 한뉘의 바다에 사부작사부
작 다다르리라 여겼다.

대수롭지 않은 일에 애를 태우고 언짢은 말에 마음 아파하
다가 살아가는 일이 덤덤해지려고 하는 마흔 뒤쪽 반을 먹은
나이가 되었더라. 언제부턴가 바르고 틀림없는 것이거나 옳고

그름이 가려지지 않거나, 무엇이라고 나타낼 수 없는 것들이 앙가슴에 쟁여져 있음을 느끼기 시작했다.

그래서 공책에 적바림해 두었다. 그냥 끼적거렸던 것이 조금씩 이야기가 늘어나고 나만 알아볼 수 있는 글월이 불어났다. 내가 보고 듣고 생각한 것들을 드러내려고 애면글면하는 사이 씨실과 날실이 되어 촘촘하게 엮어지면서 작품이 되었다.

이 풍지고 흐벅진 세상의 지루함을 달래려고 형틀 같은 의자에 솜을 두툼하게 넣은 깔개를 깔고 앉아 수필가가 되어가는 중이다. 하룻날은 풀어낼 수 있는 말이 모자라 쩔쩔매면서도 멈추지 못한다. 『어우야담』에서 눈 온 자리에 개가 달려가니 매화꽃이 떨어지고, 닭이 종종 걸어가니 댓잎이 생겼다고 했다. 나는 어떤 모양의 발자국을 남기려나.

물길을 따라 에돌아가는 새벼리 벼룻길을 돌아 나온 여남은 마리 흰 두루미가 안개 속으로 사라진다. 남강 기슭에서 피어올라 산과 산 사이를 둘러싼 허리안개가 어슴푸레하다. 도란도란 밀려왔다 밀려가는 저 강물은 쉬지 않고 흐르고 나는, 내일도 글을 쓴다.

기차 통학, 그 소소한 역사

막차는 좀처럼 오지 않았다. 라고 글머리를 여는 곽재구의 시 「사평역에서」를 읽은 사람들이 사평역을 더러는 역무원이 없고 기차가 잠시 멈추기만 하는 작은 역처럼 여길라나. 급행 열차는 서지 않는데 대합실 바깥에 쌓이는 눈과 한 줌의 톱밥을 불빛 속에 던져주며 막차를 기다리는 지친 사람들이 앉았거나 서성거리는 역. 아쉽게도 전라남도 남광주역을 배경으로 썼다고 전하는 사평역은 없다.

기유년(1969) 물오름달. 진주에 있는 학교로 다녀야 하는 학생들이 타는 통학용 기차선은 마산에서 진주까지인 진주선, 순천에서 진주까지인 경전선, 삼천포에서 개양까지 오가는 진삼선이었다. 나는 마산역을 떠나 중리역 산인역 함안역 군북역 원북역 평촌역을 거쳐 반성역에서 진성역 갈촌역 남문산역 개양역을 지나 진주역에 닿는 진주선 디젤기관차 비둘기호를 탔다.

경전선은 경상도와 전라도를 잇는 철도라는 뜻을 담아 두 도의 첫 글자가 이름에 쓰였다고 전한다. 진주선은 철길이 구불텅하게 굽은 곳이 많아 느림의 즐거움이 있다. 논밭을 비켜서 기찻길을 만들었으니 산자락을 따라 굽이돌았다. 빠름은 기계의 시간이고 느림은 자연의 시간이다. 기차를 타고 오면 가면 하던 여고 시절이 저 느림의 시간 속에 오롯이 남아 있다. 몇 천만 년 땅속에 묻혀있던 진주시 정촌 뿌리산업단지의 공룡발자국 화석 위를 느릿하게 지나쳐가고 있었는지도.

그즈음 기차 통학을 하는 학생들에게 한 달이거나 석 달을 쓸 수 있는 할인증이 있었다. 지금의 신용카드만한 크기였다. 어쩌다 통학 기차를 놓치게 되어 일반 차를 타려면 차표를 따로 끊어야 하는데 통학차에서 듣거나 볼 수 없는 귀치레와 눈맛이 있다. 홍익요원 아무개, 라는 이름표를 달고 입치레를 파는 사람들이 칸칸이 다니면서 외치는 말이 재미지다.

자그마하고 얼굴에 검은깨를 쏟아부은 듯 주근깨가 촘촘한 한 아주머니는 배를 담은 옴팍한 소쿠리를 바짝 끌어안고 기차 안을 누비며, 내 배 사소. 내 배 사소. 물이 치컥치컥!

삶은 달걀과 음료수 땅콩과 오징어 깨엿과 껌, 양갱과 눈깔사탕을 파는 어느 아저씨는, 짜아 왓섭니더. 왔서요. 두리 묵다 하나 주거도 모리는 꼬소한 깨엿, 이불 속에 숨가놓고 냐금냐금 배묵는 몰캉몰캉한 양개이, 와작와작 뽀사 묵는 눈깔사탕이 왓섭니더. 왔서요.

책 한 권 들어 있지 않을 것 같은 납작한 책가방을 옆구리에 끼고 모자 삐딱하게 쓰고 나팔바지 껄렁하게 입은, 짝짝 껌을 씹으며 온갖 폼을 잡고 어슬렁어슬렁 왔다 갔다 하는 학생 어깨들은 일반 손님들이 앉아있는 기차는 거의 타지 않았다. 통학차에서처럼 마음대로 거들먹거릴 수 없었으므로.

이학년이었던가. 학교에서 책가방에 넣고 다니는 책과 공책은 알맞게 갖추고 있는지 교복차림이 반듯한지를 살펴보는 날이었다. 가방 속에 있는 모든 것들을 꺼내 책상 위에 올려놓는데 책과 공책 사이에 끼워져 있는 어라, 웬 편지? 바로 그 순간 연분홍색 봉투를 홱 낚아채는 담임선생님….

통학차를 타고 오갈 때 알찬 여드름이 붉은 남학생이 여학생 책가방 속에 사리살짝 넣고 모른 척하는 조금 수줍거나 달달한, 세상에서 가장 아름다운 말로 쓴 편지. 마지막 장 끝에 적힌 이름과 교복 왼쪽 가슴에 붙여진 이름표를 찾아보고 맥이 풀리거나 아니거나. 그랬던 그 남학생들도 얼굴에 주름살이 지고 머리카락이 희끗희끗하겠지.

빵집을 자주 드나들거나 용돈을 미리 다 써버린 학생들이 가끔 할인증에 날짜를 살짝궁 고쳐 쓰고 시치미 뚝 뗐다. 역무원들은 그런 얕은꾀를 막으려고 달마다 할인증 색깔을 분홍색이거나 노란색, 파란색으로 바꾸곤 하였다.

할인증은 짚을 원료로 하여 만든 두꺼운 종이라 지금처럼 맑고 엷은 비닐로 씌움이 되지 않았다. 이 할인증 때문에 하마터면 날짜를 바꾼 아주 못된 학생으로 몰릴 뻔하였다. 일요일이었고 여름이었다. 흰 교복을 가루비누를 탄 물에 푹 담갔다 건져낸 웃옷 주머니에서 할인증이 마구 구겨지고 잉크가 번져 있었다. 옴마야, 우짜꼬. 떨리는 손으로 찢어질까 봐 살살 꺼냈다. 마른 수건으로 꾹꾹 눌러 다림질로 말렸건만 글자가 군데군데 지워지고 파란색이었던 할인증은 낡음낡음 엉망이 되었다.

월요일 아침, 콩닥거리는 마음으로 기차 시간에 맞춰 반성 역으로 나갔다. 개찰구에서 할인증을 검사하던 얼굴이 납대대한 역무원이 날카로운 목소리로 얼른 학생증을 내놓으라고 어기차게 굴었다. 그는 가루비누를 탄 물에 담겨졌다는 내 말을 믿으려 하지 않았다. 내버티지 못하고 학생증을 주었더니 되찾고 싶으면 부모님과 함께 오라고 윽박질렀다.

역무원과 나만 개찰구 앞에 남았다. 침목이 수북하게 쌓여 있는 저쪽 용시들로 나가는 산모롱이 앞 건널목에서 땡 땡 땡 소리가 났다. 차단기가 내려지고 잠깐 멈춰 서서 기차가 지나갈 때까지 기다리라는 신호였다. 모롱이를 돌아 나온 기차가 승강장으로 들어와 멈추었다. 학생들이 우르르 차에 올라 창밖으로 고개를 내밀고 손나발을 하면서 아저씨, 고마 보내 주이소.

기차에 오르지 못하는 조마조마함보다 의심을 받는 것이 더 기막혔다. 어쩔 수 없이 아버지의 성함을 알려주니까 대뜸 그라모 임마, 진즉에 말하지. 학생증과 할인증을 돌려받고 냅다 뛰었다. 역무원은 아버지 제자였다.

색소폰 소리보다 조금 더 깊은 곳에서 울려 나오는 듯한 기적 소리, 찰가닥 찰가닥 바퀴 소리를 내며 천천히 움직이기 시작했다. 덮어놓고 학생을 몰아세워도 먼 산 보듯 하던 역장이 금테 모자를 눌러 쓰고, 기관차에서 휘익 던져 받는 걸이에서 통표를 뽑아들고 초록색 깃발을 흔들었다. 진주역에 내릴 때까지 그 역무원의 말이 기적소리처럼 쟁쟁거렸다.

겨울방학이 끝나고 하룻날의 토요일. 아적절 공부를 마치고 친구들과 진주극장으로 몰려갔다. 서로 눈짓하며 교복 깃을 안으로 구겨 넣고 도둑 영화 「엄마야 누나야 강변 살자」를 보고 나왔는데 막차 시간이 얼마 남지 않았다. 오고 가는 자동차들 불빛이 길을 밝혔다. 걸음아, 나 좀 살려주라. 달음박질로 진주역에 다다랐을 때 휴우, 오 분쯤 지나면 기차가 올 시간이었다. 기차도 불을 켜고 망진산 모롱이를 숨 가쁘게 돌아오겠지. 차창으로 새어나오는 불빛이 눈에 어른거린다. 하루 일을 마무리 짓고 돌아가는 사람들이 차창에 기대어 있는지도 모를레라.

손목시계를 들여다본다. 삼 분이 지나갔다. 고추바람이 불고 손이 곱아든다. 긴 나무 의자가 있는 대합실 한쪽 구석에 놓인 낡은 보따리들이 불빛에 희끄무레하게 웅크리고 있다. 그러고 보니 오늘이 진주장날이네. 중앙시장 서부시장으로 장사를 나갔을까. 파마머리 아주머니들이 서로 마주보며 시장에 서 있었던 일을 이야기하는 것인지 떠들썩하다. 나머지 사람들은 그저 멀거니 앉아있거나 굳은 얼굴로 서 있다. 조그만 창으로 고개를 내민 여자 역무원이 카랑한 목소리로, 차포 안 끈으신 분들, 포 끈으이소.

승강장으로 나갔다. 춥다. 이 분에서 삼 분이 더 지났을까. 바퀴 소리가 들린다. 작달막한 진주역장이 통표와 붉은색 초록색 깃발을 들고 기차가 들어오기를 기다리며 서 있고.

사람들은 떠나가서 돌아오지 않는 것, 손을 내밀어도 붙잡을 수 없는 것들을 그리워한다. 지나간 사랑과 빛바랜 편지를 차마 잊지 못하는 것도. 어쩌면 지도에도 올리지 않은 사평역보다 옛 진주역을 먼저 떠올릴랑가.

오소소, 추억이 시리다.

다방 커피

커피 하나 설탕 둘 프림 셋. 어둑새벽 눈을 뜨면 챙기는 것
이 커피였다. 아는 사람을 만나거나 책을 읽거나 글을 쓰면서
날마다 서너 잔 마시기를 일고여덟 해였다. 언제부턴가 뒷머
리가 바늘로 찌르는 것처럼 찌릿찌릿 씀벅씀벅하기에 병원엘
갔다. 컴퓨터 단층으로 찍은 사진을 들여다봤더니 어쩐 일인
지 내 머릿속은 깨끗했다. 이런저런 낌새를 물어보던 의사가
틀지게 커피를 먹지 말라기에 그날부터 딱 끊었다. 하룻날 밤,
잠이 오지 않아 능두고 곱셈해보니까 열예닐곱 해쯤 지났다.

나이 탓인가. 일흔 고개를 넘으려니 쌉싸래한 다방 커피를
마시고 싶은 것이. 어스름이 내리면 덩굴장미꽃이 활짝 핀 시

골 다방에 앉아 커피를 시켜놓고 달빛도 불러들이면 좋겠네. 한뉘의 모질음을 견뎌내느라 가슴에 응어리진 세월을 풀어 입 고프게 말할 때도 있어야지. 맑고 조용조용한 목소리로 꽃답 던 시절 이야기도 하고, 장마철에 남긴 흉터를 달래거나 가을 열매가 달달하게 익어가는 이야기도 괜찮겠다.

지난날의 다방은 쉼터였으며 맞선을 보거나 떼떼이 모이기 만 하면 떠들어치며 서로의 생각들을 내세우기도 하는 곳이었 다. 마땅히 갈 데가 없으니 그냥 노닥거리며 시간을 보내려고 다방에 가는 바지사장님도 있었고. 문을 열고 들어서면 어항 속 금붕어가 입을 벌렸다 오므렸다 보글보글 거품을 올린다. 빨간 저고리에 파란색 치마를 받쳐 입은 마흔 안팎의 마담이 김양아, 여기 잔 좀 치아라고 한다. 레지라 부르는 젊고 예쁜 아가씨가 나긋나긋한 미소를 지으며 커피를 날랐다. 삶이 묻 어나는 얘깃거리와 음반지기가 틀어주는 구슬픈 노랫가락이 손님들의 가슴을 적셔 주었다.

조선 시대 서양에서 들어온 찻물이라는 뜻으로 양탕국이거 나 가배차라고 불렀다던 커피를 꽃등으로 맛본 곳이 진주의 옛 태양 다방에서다. 고등학교를 졸업하던 신해년(1971) 물오름달 끝자락이었다. 영화를 보려고 같은 반 친구들 대여섯과 맞은바라기로 앉았다. 커피를 한 모금 머금는데 씀바귀 맛이 입 안 가득 퍼진다. 아까운 돈 주고 머 한다고 이 쓴 물을 마시는지 몰라. 야가 왜 이러나, 빤히 쳐다보던 짝꿍이 아가씨를 부른다.

묽게 타서 쪼끄마한 시럽 병에 담아온 연유를 내 커피 잔의 두어 뼘 높이에서 병아리 눈물만큼 찔끔 떨어뜨린다. 나긋한 미소는 싹 거둔 채 쌩, 찬바람을 일으킨다. 짧은 치마에 뾰족 구두가 조마조마하다.

그러구러 스물세 살의 가을이었던가. 아버지와 같은 학교에 근무하는 영어 선생님이 맞선 자리를 만들었다. 자잘한 꽃무늬 보자기를 깔아놓은 탁자 위에 흰 설탕이 담긴 도자기 잔이 얌전하고. 붉은색 초가 둥근 유리 안에서 발갛게 타고 있는 청자 다방이었다. 군데군데 담뱃불 자국이 새겨진 긴 의자 가운데가 옴팍하다. 저 의자에 앉았던 하고많은 사람들은 무슨 이야기를 나누다 갔을꼬. 그들의 이야기를 귀여겨 들어봤으면 하는데, 저만치서 걸어오는 총각의 키가 초등학교 오학년이었던 막냇동생만 해 보였다.

총각이 앞자리에 앉으며 얼핏 마주친 얼굴에서 그늘이 스친
다. 직업이 약사라고 말하는 목소리가 가늘다. 아버지가 넌지
시 나를 바라보기에 살짝 가새표를 그었다. 마음에 드는 데가
없다. 마음이란 심장의 움직임이다. 바다에 떠 있는 돛단배처
럼 덜컹거리기도 하고 잔물결에 일렁이기도 하고, 소금기 섞
인 바람이 불어오기도 하는 까닭을 하나하나 밝혀 말하기가
어려웠다.

가새표 긋는 것을 못 보셨는지 서로 눈짓을 주고받던 아버
지와 영어 선생님이 그럼 이만 먼저 가보겠네, 하며 나가신다.
서먹하게 앉아있는 것이 멋쩍어 시치미 뚝 떼고 얼른 한 모금
마신 커피가 지옥처럼 뜨거웠다.

발길을 돌린 뒤 두어 해 지났을라나. 어느 부잣집 딸과 결혼
했다던 그 약사가 깊은 밤 보따리 싸들고 어디론가 달아났다
는 말을 들었다.

오늘은 달달하고 쌉싸래한 다방 커피 한 잔 마시고 싶다.

색칠하는 사내

종이컵에 술을 따르고 바닥에 엎디어 머리를 깊이 숙이며 큰절을 한다. 칠하는 일을 새로 시작할 때마다 치르는 의식이다. 페인트 통을 세 개 나란히 놓고 종이상자 쪼가리를 얹은 다음 소주 한 잔과 북어 한 마리가 올려졌다. 돼지머리에 막걸리를 갖추는 날도 있었으나 아주 드문 일이었다. 아무 탈 없이 마무리 지을 수 있기를 빌었다. 밧줄에 온몸을 의지하며 버텨내야 하는 자신들의 처지를 생각해서인지 이런 순간이면 사내들은 입을 꾹 다물었다.

오늘은 다섯 개 동의 앞쪽 벽을 칠하는 날이다. 십오 층 아파트 지붕에서 네 개의 굵은 밧줄이 곧은 힘으로 내려지면서 밧줄 하나에 한 사람씩 맡는다. 날파람이 이는 것처럼 움직이는 사내가 있고 그저 날짱이는 사내도 있다. 건물 바깥벽에 페인트를 새롭게 덧바르는 것은 틈이 생겨 벌어지거나 틀어짐을 막고 모양을 내기 위함이다.

어제 늦은 사이참을 먹을 때 날씨가 끄무러져 걱정했더니 오늘은 맑게 개었다. 하늘을 잠깐 올려다본 사내는 흔들거리는 밧줄에 그네발판처럼 만든 의자에 앉아 바깥벽을 타고 하루를 색칠한다. 먼저 묵은 페인트를 벗겨내고 못구멍이거나 금이 간 곳을 메워주는 작업부터 시작한다.

페인트에서 나는 휘발성 냄새 때문에 현관문과 창문을 꼭꼭 닫았다. 관리실에서 카랑카랑한 목소리로 바깥벽을 칠하고 나면 드나들면서 옷에 묻을 수 있으므로 마음 쓰라고 말한다. 덧붙여 어쩌다 칠이 잘못 되었거나 허투루 하고 지나친 곳이 있으면 관리실에 알려달라는 안내 방송이다. 입 가리개를 쓰고 현관문을 열었다. 머리가 띵하다.

부드러워 보이기도 하고 눈을 내립떠보니 차가운 느낌이면서 촉촉하다. 뿜이개로 칙칙 뿜어 놓은 벽에 흠이 없는지 꼼꼼하게 살폈더니만 부셔서 눈이 아프다. 파르스름한 빛깔의 옥색과 연한 바다색이다. 일 층에서 삼 층까지의 앞쪽 가림 벽은 부드러워 보이는 황토색이다.

사내는 허공에 발을 딛는다. 아득하다. 건들바람이 불어와 자주 흔들거린다. 칠장이의 험하고 고생스러운 삶이었을까. 세월의 딱정벌레가 스멀스멀 기어가는 얼굴이다.

자신의 마음 하나 이기면 세상을 다 이기는 것이고, 마음에 지면 끝이라고 말하는 사내. 그는 밧줄에 매달리면서 잔뼈가 굵었고 다섯 손가락이 움직이면 꽃이 피어나고 무지개가 그려졌다. 뛰어난 손재주를 가졌음에도 쉰 살이 되도록 돈을 모으지 못했고 자식 하나 없이 살아왔다.

모서리가 낡은 사내의 가방에는 애벌로 바르는 흰 물감 몇 통과 크고 작은 붓이 다섯 개, 팔 토시와 면장갑, 롤러와 페인트 판이 들어있다. 자신의 손품을 그만큼 아끼기 때문이겠지만 밥술만 먹자고 하는 것이 아니라 남에게 지기 싫어하는 마음을 가진 사내였다.

솜씨를 알아주지 않으면 칠하는 중이라도 그는 도구가 든 가방을 움켜쥐고 거칠 것 없이 떠나고 만다. 잡을손을 높이 보고 사람을 귀하게 대하는 업체에서는 품삯이 밀려도 전혀 말이 없다고 한다. 하던 일을 멈추고 잠깐 쉬는 틈에도 그는 아파트 층층대 한쪽에 우두커니 앉아있곤 했다. 챙 있는 모자를 푹 눌러 써서 그의 눈길이 무엇을 바라보는지 알 수가 없었다.

닷새째 되는 날 추적추적 가을비가 내렸다. 그날그날 벌어먹고 살아야 하는 사내들은 비 오는 날이면 술을 마시거나 풀이 죽어 지냈다. 하루하루의 삶이 빗발처럼 가슴을 두들겼다. 사내는 사흘 내내 밤이면 술을 마셨고 낮에는 죽은 듯 누워 지냈다.

그러구러 조각하늘이 보이고 날씨가 성크름해졌다. 사내는 오늘도 밧줄에 흔들리면서 색칠을 한다.

발맘발맘 걷다

걷는다는 것은 땅과의 만남이다. 내딛는 걸음걸음마다 저 길 너머 나그네가 되라 한다. 걷는 사람에게는 신발이 전부다. 멋진 모자를 써야 한다거나 산에 오를 때만 입는 옷을 애써 갖추지 않아도 괜찮다. 수런거리는 솔바람 소리에 귀를 기울이고 길섶의 풀잎에 그렁그렁한 이슬방울을 눈여겨봐야지. 그러면서 산허리를 오르고 숲을 지나고 소나무이거나 굴밤나무 아래서 다리쉼을 할 수도 있으니.

현관문을 열면 가좌산이 건너다보인다. 스무 해가 넘도록 동살이 틀 무렵 따뜻한 차 한 잔으로 몸을 깨우고 산을 오른다. 천천히 걸으며 나무와 풀, 흙과 돌, 하늘에 떠있는 두루마리구름 삿갓구름 꽃구름도 보는데 뒤늦게 오던 사람들이 재빠르게 앞질러 간다. 내 발걸음으로 두어 시간이면 오르내릴 수 있는 산이라 첫 목련꽃과 늦은 산벚꽃, 청설모도 본다. 저만치 솔수펑이 있는 곳에 장끼와 까투리가 마주 보며 머리를 갸웃갸웃.

경남 진주시 가좌동에 있는 나지막한 가좌산은 산림청 국립산림과학원 남부 산림연구소에서 관리하는 시험림이다. 병인년(1986) 물오름달 초엿새 건설부 고시 제93호로 지정되었고 전체 면적 팔십이만 삼천이백이십 제곱미터다. 숲정이라서 진주 시민이 뽑은 걷고 싶은 길, 열 곳 중에 아홉 번째다. 서쪽으로는 내동면과 이웃하여 있고 북쪽으로는 망진산과 가깝다.

진주 연암공과대학교 정문으로 가는 중간쯤에서 산을 오르는 길은 두 갈래다. 오른쪽 들머리에는 바짓자락과 신발에 묻은 흙먼지를 떨어내는 먼지떨이 기구가 있다. 왼쪽 나뭇길 양 옆으로 차나무가 촘촘한 청풍길로 들어선다.

차나무는 서리가 내리거나 날씨가 쌀쌀해지면 꽃망울을 부풀린다. 얼음이 얼 즈음 새하얀 꽃송이가 반쯤 피어 수줍은 듯 아래로 숙인다. 잎은 도톰하고 반질반질하여 불에 잘 타지 않는다고 한다. 청풍길에 차나무를 심은 뜻은 산불이 번지는 것을 막으려는 지혜로움이었던가.

청풍길이 끝나면 바로 삼백오십 미터 이어지는 대나무 숲길이다. 세계 여러 나라 백이십 종류의 대나무가 서걱거린다. 단단하고 옹골진 마디가 꺼칠하다. 댓잎 사이로 햇살이 들이비친다. 산비둘기 푸드덕 날아오르고 듣는 이 없으니 내 안의 왁자박작한 소리들을 은근슬쩍 풀어놓는다. 대나무 숲길이 끝나면 편백나무가 우뚝우뚝한 어울림 숲길에 다다른다.

해충이나 곰팡이에서 자신을 보호하려고 내뿜는 나무 향, 흠흠. 편백나무 숲은 꼿꼿한 세상이다. 요리조리 굽이 튼 나뭇길 위에서 손을 내민다. 발길이 닿지 않으니 잡초들이 우거졌다.

어울림 숲길에서 서발막대 길이만큼 될라나, 물소리 쉼터다. 골짜기에서 흘러내리는 물이 아니다. 산속에서 다섯 개의 수도꼭지를 틀면 쏟아지는 물소리다. 삼 년 묵은 체중아 쯤 내려가라, 시원한 물 한 바가지 꿀꺽꿀꺽 마시고. 소나무와 산벚나무의 뿌리가 어울려 예쁘게 자란 연리목이 애틋하다.

사부작사부작 맨발로 황톳길을 오르는 길. 팔부 능선 대나무 숲에 진주시의 상징인 백로가 둥지를 틀고 있다. 물오름달과 잎새달, 푸른달에 날아왔다 열매달 즈음 대만이나 베트남, 필리핀으로 날아간다. 수백 마리 백로 떼가 대나무 우듬지에서 펄펄, 날갯짓이 힘차다.

그렇게 한눈팔면서 전망대에 이른다. 내려다보니 세상은 내 발 아래다. 이 순간만큼은. 연암공과대학과 가좌동, 호탄동, 멀리 진주혁신도시에 햇살이 내려앉는다. 풍경길에 탱자나무가 푸르게 가시를 키우며 하얀 꽃이 피고지고, 위쪽 과수원의 울타리다. 푸른달에 꽃잎이 흩날리면 쌉싸름하고 아련하다.

시계탑이 있는 곳에서 길잡이를 살펴보면 고사리 숲길을 지나 석류공원 쪽으로 가거나 망진산으로 갈 수 있는 길이 나뉜다. 내가 하나라서 두 길을 한꺼번에 갈 수 없고 석류공원으로 가는 길에 발걸음을 놓았다. 이쪽 길이 더 나을 것 같아서. 다른 길은 뒷날의 어느 때든 가려고 남겨두었다.

석류공원은 진주 팔경에서 네 번째인 새벼리에 있는 공원이다. 새벼리란 가좌동에서 주약동으로 펼쳐진 절벽을 말한다. 진주의 동녘인 월아산에서 해가 떠오르면 빛살이 제일 먼저 닿는 곳이어서 동쪽 벼랑이라는 뜻이다. 절벽 아래엔 남강이 흐르고. 석류공원이라는 이름은 진주시를 나타내는 꽃인 석류꽃에서 딴 것이라니 미쁘다.

석류공원에서 서푼서푼 내려와 새벼리 길 모롱이를 돌면 〈형평운동가 강상호 묘소〉라는 알림판이 서 있다. 조선 말 천석꾼 양반 가문에서 태어난 백촌 강상호(1887~1957) 선생은, 기미년(1919) 삼일만세운동 때 진주에서 독립선언서에 이름을 써 넣었다 하여 대구교도소에서 일 년 반 징역을 살았다. 계해년(1923) 잎새달 스무나흘, 백정의 신분 해방(형평운동)에 나섰고 독립지사이면서 시대를 앞선 사회 운동가였다.

산기슭 안으로 자국걸음을 놓아 먼저 강상호 선생의 어머니 숙부인 이 씨의 비석을 톺아본다. 숙부인은 정사년(1917) 큰비로 정촌면 가좌리가 물에 잠겼을 때 곡간 문을 열어 사람들을 구하였다고 전한다. 그 은혜로움에 배를 곯지 않았던 주민들이 언제라도 베푼 덕을 잊지 말자고 세운 시덕불망비다. 강상호 선생 부부의 묘 앞에 섰다. 오랜 세월에 봉분의 잔디가 듬성하다. 눈인사를 하고 기슭을 빠져나왔다.

산은 우리에게 이래라저래라 하지 않으며 봄여름 가을 겨울을 다르게 열어 보인다. 살아 있다는 것만으로도 즐겁고 기쁜

봄 산, 더위를 식혀주는 깊은 그늘의 여름 산, 곱고 아름다운 가을 산, 고즈넉하게 마음을 닫는 입동 무렵의 산은 사람을 산이 되게 한다.

걸음을 되돌아드니 산은 고요한데 세상 밖은 시끌시끌하다.

풀꾹새

진달래 꽃봉오리가 수줍게 맺을 즈음 먼 메아리로 울리는 목쉰 풀꾹새 소리. 한 맺힌 여인의 넋이 살아나 밤마다 목 놓아 울다 목이 잠겨 더 울 수 없게 되면 제 피를 토해 되마시며 운다고 하는 풀꾹새.

다른 나라 사람들은 지저귀는 새 소리를 노래로 나타내는데 우리는 새 소리와 북소리, 귀에서 절로 들리는 소리를 운다고 말한다. 더욱 풀꾹새 소리가 한 많은 보릿고개를 넘기던 시절, 넉넉하지 못한 생활을 하는 사람들 귀에 즐거운 노랫소리로 들리지 않았을지도.

봄이 오면 진달래꽃이 무더기로 피는 앞산에서 풀꾹새가 울었고 겨울에는 소나무와 도토리나무가 우거진 뒷산에서 부엉이가 울었다.

마을에서 바깥세상으로 나가거나 들어올 때마다 넘는 고갯길은 꼬불꼬불 열두 굽이다. 고갯길을 오르내리며 초등학교와 중학교에 다녔다. 고개 너머 닷새마다 열리는 오일장에 가려면 어쩔 수 없이 우리 동네 들머리 길을 지나가야 하는 산모롱이에 마을이 몇 군데 더 있다.

초등학교 삼 학년. 장날이면 고갯길을 오르는 첫머리에서 가끔 한 아저씨를 만나게 된다. 마을 앞을 지나가는 어느 동네에서 뉘 집 머슴살이를 하는 사람이다. 한쪽 다리를 절었고 얼굴은 햇볕에 그을려 까맸다. 꾸부정한 등엔 늘 지게를 지고 있었고 머리카락은 까치집이다.

그는 고갯길을 오르면서 작대기로 지겟다리를 두들기며 휘파람을 불었다. 나른한 봄 햇살 아래서 부는 휘파람소리가 풀꾹새 울음소리와 어찌 그리도 똑같을꼬. 오면가면 사람들과 마주쳐도 말을 건넨다거나 웃지도 않는다. 그냥 꾸벅 머리만 숙인다.

내가 앞서 가야 할지 뒤따라 가야할지 몰라 멈칫거리면 책가방을 바다리에 담으라고 지겟다리를 탁탁 두들기곤 했다. 조그만 여자 아이가 들고 있는 가방이 무거워 보였을까나.

그가 무릎을 조금 굽혀주는데도 까치발을 하고 책가방을 바다리에 올리는데 모내기를 할 때 쓰는 못줄이 두어 발 담겨 있다. 못줄에는 꼭 같은 간격으로 빨간색 줄눈이 끼워져 있다. 숫자를 알지 못하는 그가 장에서 물건을 사고팔 때 못줄의 줄눈을 세어서 셈을 한다는 말을 한참 뒤에 들었다.

가방을 바다리 가운데에 올려놓았다. 그는 무릎을 펴면서 소매 끝으로 코밑을 쓱 한 번 문지르고 절름절름 앞장서서 걸어간다. 그러고는 풀꾹, 풀꾹 휘파람을 불었다. 사람들은 그를 풀꾹새라고 불렀다.

한국전쟁이 일어난 이듬해였다고 한다. 부모가 어떤 사람인지 나이가 몇 살인지 어떻게 생겼는지도 모른 채, 떠돌아다니다 산모롱이의 한 마을에서 노박이로 있는 집 머슴으로 살면서 꿍꿍 일만 하던 그가 우짜다 끌려갔는지. 지겟작대기 대신 총을 잡고 멀찍이 세워놓은 말뚝을 향해 마구 쏘는 기술만 익혔다. 눈 질끈 감고 반나절을 훈련하고 나면 집에 가는 줄 알았는데 덮개가 씌워진 트럭을 타고 싸움터에 나갔다. 깊은 산

속에서 낮에만 싸우고 밤에는 총 쏘는 기술을 익혔던 만큼 수
없이 밀려나곤 하였다.

생지옥이었다. 이름도 성도 알지 못하는 사람들이 죽어가고
숲은 벌거숭이로 변해 갔다. 총알이 억수같이 쏟아지고 숨 넘
어갈 듯 울부짖는 소리를 들으며 여기저기 대놓고 겨누는데,
어디선가 날아온 날카로운 쇳조각이 허벅지를 뜯고 지나갔다.
순간 피범벅이 되어 산비탈 아래로 굴러 떨어지는데 바위너설
에 등이 부딪쳤다.

전쟁이 잠시 멈추었다. 허리가 꺾이고 다리가 잘려나가는
꿈을 꾸다가 소스라쳐 눈을 떴다. 여가 오데고? 딴 시상이가?
벌떡 일어서는데 등이 펴지지 않았고 다리가 땡겼다.

물어물어 걸었다. 꾸부렁하게 다리를 절면서 머슴살이하던
집으로 돌아왔다. 생지옥에서 살아남았어도 돌아갈 곳이 머슴
살이하던 집밖에 없었던 그가 대문간에 들어섰을 때 눈을 지
릅뜨고 아래위로 쭉 훑어보던 건장한 남자. 새로 들인 머슴이
었다.

니 꼬라지가 와 이렷노? 내사 주건 줄 아랏다. 서분타 말거
라. 주인 영감님이 애달프게 여겨 잔심부름이라도 하라고 받

아들인다. 하기야 그의 살과 뼈가 여물었던 주인집이라도 일 년 남짓 떠나 있었으니 그 많은 논밭을 묵정밭으로 묵혀둘 수는 없었겠다.

그에게 아무도 세상살이를 가르쳐 주지 않았고 배운 적도 없으니 천 가지 매운 맛과 만 가지 쓴맛을 겪으면서 오뉴월 땡볕도 잘 견뎌냈다. 따갑게 흘러간 세월을 가슴 깊이 묻어두고 구불텅 절룩, 구불텅 절룩 지내는데 어미라고 내세우는 늙수그레한 여자가 그를 찾아왔더라는 말을 어디서 들었던가. 모아둔 새경에 마음이 쏠려서, 비위 잘 맞추어 주고 헤프게 웃어 주더니 야금야금 빼먹고는 깊은 밤에 사라졌다고.

그는 우리 마을 들머리 길을 지나갈 때면 숨을 한 번 크음, 내쉬면서 걸음을 빨리 걷느라 더 절름거리고 굽은 등에 착 붙지 않는 지게에 얹힌 바다리가 들썩거렸다. 짓궂은 동네 아이들이 그를 보기만 해도 돌을 던지거나 멀리까지 따라가며 절름발이라고 놀려댔기에.

전쟁은 아직 끝나지 않았다. 그런데 오늘을 살아가는 우리들에게 한국전쟁은 다른 나라에서 일어난 것처럼 아득하게 느껴지는 옛날이야기다.

보릿고개 시절이 언제였는지 흐리마리한데 먼 산 어드메서
풀꾹새가 운다. 풀꾹 풀꾹….

명자꽃

어린 시절 고향 마을엔 안 골목 새미와 바깥 새미가 있었지. 바깥 새미는 사람들이 들고나는 길 모롱이에 시멘트로 둥그렇게 올린 우물 통이 있고 푸성귀라도 씻을 수 있도록 바닥을 널찍하게 만들었고. 새미와 가깝도록 길섶에 심은 향나무가 문실문실하였다. 허드렛물이 내려가는 곳이 다섯 마지기 논의 물꼬였다. 너털웃음을 잘 웃던 논 주인이 이른 봄이면 도래방석만한 미니리깡을 서너 개 만들어 동네 처녀들에게 내주기도 하고.

안 골목 새미는 가뭄이 들면 허옇게 바닥을 드러내었다. 두어 번 디딤돌을 딛고 내려가 물이 찰랑거릴 때 빠뜨렸거나 바람이 휘몰아 쓸려 들어갔던 것들을 주워내기도. 쪼그리고 앉아 바가지로 물을 뜰 수 있는 앞쪽만 트였다. 옆과 뒤쪽은 막돌로 벽을 쌓아 덮개돌을 얹고 위에 흙을 두둑하게 올려 잔디를 심었다. 먼지 앉고 이끼 낀 세월이 얼마나 지났을까.

온갖 잡풀이 우북하고 향나무 가지가 휘우듬하게 비튼 사이로 명자꽃 나무가 어우러졌다. 잎새달에 붉은 꽃이 다닥다닥 피었다가 어느 날 화르르 져버리는 명자꽃을 사람들은 처녀꽃이라고 불렀다.

그해 봄은 느긋했고 처녀 꽃이 사랑옵게 피었다. 나지막한 초가집들이 송이버섯처럼 엎드려 있는 산골 마을에 잔치가 열렸다. 맞선 보러 왔을 때 처녀들 대여섯이 발돋움하며 흙담 너머로 기웃거렸지. 사주단자 주고받았으니 차일 치고 십장생이 그려진 열 폭 병풍 펼쳐놓고 청사초롱에 불 밝혔다네.

마당 가운데 놓인 대례상에 촛불이 너울거리고 목에 청실홍실을 감은 백자 화병에 꽂힌 솔가지와 대나무가지가 푸르고 싱싱했다. 붉은 보자기에 싸인 암탉은 고개를 쭉 내밀고 꼭꼭, 푸른 보자기에 싸인 수탉은 날개를 퍼덕거리며 두 눈을 떼룩떼룩 굴리고.

신부는 옆집에 살던 재종언니였다. 활옷 입고 낭자머리에 매화잠을 꽂았다. 족두리 쓰고 고개를 숙인 이마에 찍은 곤지의 빨간색이 처녀 꽃잎 같았다. 팔을 올려 한삼 소매로 얼굴 가리고 다홍치마 부풀리며 재배를 하고 일어설 때 족두리에 붙여진 파란 나비가 포르르 떨렸던가.

오남매에서 맏딸인 언니는 수더분하여 동생들을 알뜰히 거두었다. 동동구루무, 박하분 한 통만 사면 동네가 환했다. 바람이 문풍지를 울리는 밤에 십자수를 놓았고 달빛이 처마 끝에 놀러오면 베갯잇과 횃댓보를 만들었다.

처녀 꽃을 산당화라고 부르기도 한다는 것을 알게 될 즈음 언니는 시집을 갔다. 산새도 쉬어 가는 구불구불 매화산 고갯마루를 색시걸음으로 넘으며 하루해가 다 가네. 너털웃음을 웃던 언니의 아버지는 딸을 보내고 젖은 눈 깜작거리며 뒤돌아서더라.

꽃잎이 진 자리에 잎이 푸지게 달렸고, 봄은 느리게 지나갔다. 집 밖에만 심는다는 처녀 꽃이 몇 해 더 피었다 지고 나서 우리 집은 이사를 나왔다.

남강 빨래터

옛 진주 12경을 살펴보면 '남강의 빨래'가 8경에 들었고, 10경에서는 7경에 들어있었다. 우수 경칩 지날 무렵이면 길고 큰 강의 적벽 아래 빨래터는 시적인 모습으로 다가오는 아름다운 풍경이었다. 하얀 모래톱 건너편 강변에는 낚시꾼들이 겨를을 낚았고, 호박잎이거나 토란잎에 싸두었던 빨랫비누로 부걱부걱 거품을 내는 여인들의 오지랖 여미는 삶도 흘렀다.

구한말 조선을 찾아온 외국 사람들이 '조선의 여인들은 우물가에서, 개울가에서, 꽁꽁 언 강가에서도 빨래를 했다. 그리고 말린 다음 골목마다 다듬이질 소리가 흘러나왔고 인두로 다림질을 했다'는 글과 사진을 남겼으니.

지난날 전통 예법을 이어가려는 마을에선 샘과 우물, 빨래 터를 따로 두고 썼다. 샘은 마을의 어느 한 곳에서 저절로 솟아나오는 물이었으므로 신성하게 여겨 마시는 물로 쓰거나, 보리쌀과 푸성귀만 씻었다. 쌀이 귀했던 시절이라 그랬는지 쌀은 샘으로 내가지 못하게 하였다.

버들가지 휘늘어지는 빨래터는 마을 중간쯤에 흐르는 냇가거나 도랑에 빨랫돌을 놓았고 가볍게 얼굴과 손발을 씻기도 하고. 빨래에 정성을 들여야 하는데 마음이 개운하지 않으면 피해야 하는 일도 있다. 이른 아침이거나 어슬녘에는 빨랫방망이 소리를 내지 않는다 했고. 밤이거나 삼이웃에 초상이 났을 때 빨래를 널어서도 안 된다는.

그러구러 세상은 비누 거품처럼 푸지게 변했고 빨래를 말리는 기계까지 나온 시대를 살아가는데 가슴에 담아둔 요런 이야기 한 자락.

고등학교 일 학년. 무신년(1968) 물오름 달부터 초등학교, 중학교를 같이 다녔던 친구와 일 년 남짓 칠암동에서 자취 생활을 하였다. 방을 얻은 곳은 막걸리를 익히는 술도가의 살림집이었다. 대문 밖에서 건너다보면 사철나무 울타리가 싱그러웠던, 지금의 경상대학병원 뒷문이 오래전의 경상대학교의 정문이었으며 앞쪽은 들판이었다.

어느 토요일. 아적질 수업을 마치고 친구랑 세숫대야에 빨랫감을 담아 요리조리 골목을 빠져나가다 대숲 길에 들어섰다. 죽순이 무두룩하게 돋아나고 있네. 살랑바람 앞에 반질거리는 소소한 댓잎소리를 듣느라 예쁘지도 않게 팔랑팔랑 걷던 걸음을 멈추며 귀를 기울이고.

강기슭에 다다라 넓적하고 단단한 돌부터 찾는다. 빨래하기 좋은 자리에 돌이 놀지 않도록 다독거려 놓고 쪼그리고 앉았다. 교복이랑 손수건 양말과 속옷들을 물에 담그고, 일주일을 둘둘 말아 신문 쪼가리에 겹겹으로 싸두었던 서답을 물이 흘러가는 아래쪽으로 속닥하게 담가두었다.

자리 잡고 하느라 겨우 교복만 먼저 빨았을 뿐인데 난데없이 등 뒤에서, 실례지만 세숫비누 좀 빌려주이소 하더라. 퍼뜩 대야를 서답 위에 푹 엎었지.

머꼬? 몸을 돌려 눈찌로 보는데 세상에, 이게 무신 얄궂은 만남이람. 중학교 남자 동창생 둘이서 엉거주춤 멀뚱하게 서 있는 게 아닌가. 서로 어, 어, 너그들이었네. 하다가 비누를 얼른 건네주며 저 위쪽에서 씻으라고 했다. 얼굴과 손발을 대충 씻고 난 얌체들이 그냥 돌무더기에 퍼질러 앉더니만 미주알고주알 떠들며 돌아갈 생각을 않는다.

할 수 없네. 박달나무 방망이를 휘두르며 속옷도 씻어야 하니까 제발 좀 가던 길 가라고 을러멨다. 빨래해 놓고 기차 시간에 맞춰 집에도 가야 한다고. 엉덩이를 툭툭 털며 일어서던 멀대같은 얌체가, 자야 씻을라고 그라제? 알았다 간다.

여름방학을 지나는 사이 곰팡이가 도깨비춤을 추었을라. 자취방에 두었던 얇은 이불을 들고 강으로 나갔다. 부글부글 거품 내고 텅텅 팍팍 두들겨 할랑할랑 헹구는데 물수제비를 뜬 돌이 톰방톰방 서너 발 건너가서 물속으로 슝 가라앉는다. 이불 끝자락을 잡고 굽혔던 허리를 펴는데 어라, 저 얌체들.

고마 앞뒤 가릴 것도 없이 마구 물을 퍼부었지 머.

열세
송이

꽃 누르미

"난 이 눌러서 말린꽃이 죽었다고 생각 안 혀. 줄기가 꺾이고 물기가 말라비틀어졌지만, 오히려 색깔이 더 곱고 생화보다 오래 가잖아. 죽은 게 아녀."

꽃을 사랑했던 할머니는 계유년(1993), 일본을 오가며 자신이 겪었던 사실을 낱낱이 드러내어 세상에 알렸다.

살기가 어려워서 뭐 하나 가진 것 없으니 제대로 배우지도 못한 두메산골이거나 갯마을의 희맑은 소녀들이었다. 돈을 벌게 해 준다는 말에 속아 한 많은 삶을 이어오는 내내 우리는, 사회는 무엇을 듣고 보고 생각했을까.

정묘년(1927) 경북에서 태어난 할머니는 열세 살 무렵, 들에서 언니와 나물을 캐느라 손놀림에 바빠 시커먼 그림자가 다가오는 줄도 몰랐다. 미처 달아날 겨를도 없이 거칠고 억센 두 사내의 발에 채이고 머리채를 잡히며 트럭에 태워졌다. 다시 배를 바꿔 타고 가는데 며칠이 지났을까. 한쪽으로 강물이 흐르고 산비탈에 널빤지 집이 여러 채 있는 낯선 나라에 내렸다. 아무리 눈을 닦고 보아도 언니가 보이지 않았다.

열다섯 살, 고향에서 밭을 매다가 뚜껑 없는 기차에 실려 알 수 없는 곳으로 갔다. 군복을 입은 사내들이 이쪽저쪽에서 눈을 번득이며 감시를 하고 기차 안에는 비슷한 또래이거나 어려보이기도 하고 나이 든 언니들도 있다. 옆의 소녀에게 소곤거리며 묻는다. 소녀는 이모를 만나러 서울에 왔다가 영등포역에서 돈을 벌게 해 준다는 말에 속아서 오게 된 것이라 하였다. 보릿고개 시절보다 더 먹을 것이 없었던 열네 살 소녀는 비단 짜는 공장에 취직시켜 준다는 말을 믿고 기차에 오른다.

어린 소녀들은 야무지지 못하고 어수룩해서. 몸 붙일 곳이 없는 신세라서. 타고난 사주팔자가 사나워서. 엄마 말을 안 들어서. 일자리를 소개해 준다는 말에 속아서. 영자 언니는 억장이 무너져 이곳이 어딘지 잊고 지낸다. 죄를 지어서 그 벌로,

사나운 팔자 때문이라고 생각하는 것보다 까맣게 잊고 떠올리지 않는 게 나을 것 같다. 그래서 어둡고 냄새나고 배고픔을 뼈아프도록 잊어버리려고 애쓴다.

열세 살 소녀는 글씨를 쓰거나 읽을 줄도 모른다. 누가 입었던 것인지 너덜하고 여기저기 해진 옷들을 빨래하러 강가에 간다. 강물에 손가락 끝만 닿아 편지를 쓴다. 엄마의 이름도, 집 주소도 모르는 데 편지를 쓰며 자신을 데리러 와주길 바랐다. 시냇물이 흐르고 봄보리가 익어가고 가을 감나무 위에서 까치가 울고 질화로가 있는 곳. 옛이야기가 있고 낮닭이 길게 울고 따스한 아랫목이 있는 고향으로 데려가 주기를 바랐다.

편지를 쓰다 휘저어 지우고 두 손으로 물을 퍼 올려 얼굴을 씻는다. 부끄러운 얼굴을 물에 담그며 뽀득뽀득 문지르다 한순간 눈을 뜬다. 몸 안에 떠도는 소리들이 흰 거품을 내며 들려온다. 몸 밖으로 나가지 못하고 메아리처럼 떠돌며 가슴을 헤집는 소리들. 엄마, 집에 가고 싶어. 집에….

전쟁이 멈추었을 때 하늘이 내리는 큰 벌을 받아야 할 그놈들은 소녀를 버려두고 떠났다. 다른 곳에서는 땅을 판 구덩이에 소녀들을 몰아넣고 불을 질렀다거나 총을 쏘았다는 소문을 바람결에 들었다. 와들와들 떨렸다. 휘갑쳐두었던 슬픔이 꾸역꾸역 밀려나왔다. 끔찍해서 눈을 질끈 감았다.

어떻게 돌아와 누구의 손에 이끌려 절에 맡겨졌는지 할머니는 알지 못했다. 뜻밖에 불공드리러 절에 왔던 여동생을 만나 고향으로 가서 아픔을 지우느라 숱한 세월을 보냈다.

그러구러 오십 년이 지난 하룻날. 살아내려고 모든 것을 지워버린 할머니는 마음 문을 열면서 꽃 누르미를 시작했다. 꽃 누르미는 꽃잎이거나 나뭇잎의 물기를 닦아내고 눌러 말려서 꾸미는 꽃 예술이다. 할머니가 되살린 전쟁은 마치 폭탄이 터지듯 활짝 핀 빨간 꽃잎이었다.

사람들은 자신이 겪은 테두리 안에서만 맴맴 돈다. 가슴속에 꾹꾹 쟁여져 있는 덩어리를, 뼛속 깊이 사무친 할머니들의 말을 우리는 귀여겨듣지 않았다. 어느 할머니의 '어떤 말로도 자신의 고통을 설명할 수 없다'는 그 말이 괴로움과 아픔의 진실이었다. 집으로 돌아가 겨레붙이들에게, 숨이 끊어질 때 마지막으로 토해내는 외마디 소리처럼 말하는데 아무도 믿거나 들으려고도 하지 않았고 몸을 돌려버렸다.

"혼자 있을 때면 그때로 돌아가. 아직 거기 있는 거야."

신묘년(2011) 매듭 달, 가슴 저리도록 기다리던 일본의 사과를 끝내 받지 못한 채 심달연 할머니는 눈을 감았다.

당간지주

햇살이 따습다. 가야산 들머리 길을 아장걸음으로 걷는다. 저 끝에서 걸어온 세상의 길이 자꾸 뒷걸음쳐 간다. 잊음으로 가는 길인지도 모를레라.

이 길은 가야의 마지막 왕자 월광 태자가 나라를 잃고 걸었던 길이었다던가. 먼 신라의 애장왕도 신하들과 걸었다 하고. 최치원은 어느 날 갓과 신발을 벗어놓고 신선이 되었거나 갑자기 사라졌다거나. 임진왜란 때 승병장이었던 사명대사는 전쟁이 끝났으니 칼과 창을 내려놓고 불법을 닦는 스님으로 되돌아가면서 걸었다는 길.

숲에는 나무 그림자가 제 흥에 겨운 듯 명지바람에 너울거리고. 볕이 바로 드는 곳과 그늘, 햇살과 그림자, 수선스러움과 고즈넉함의 어울림이었다. 서로 돋보이려고 엄벙덤벙 애를 쓰지도 않는다. 들쑥날쑥 생긴 그대로이다. 이 나무들 나이바퀴에는 세상을 견뎌내느라 거친 무늬마다 옹이도 야무지게 박혀 있을라나.

부처님 계신 곳을 향해 두 손 모아 허리를 구푸렸다. 미처 깨닫지 못한 채 일주문의 돌층층대에 막 발을 디디려다 문득 돌아보았다. 동쪽과 서쪽 맞은바라기로 버티고 서 있는 두 개의 돌기둥, 당간지주였다. 절에 큰 행사가 있다거나 종파를 알리는 당(불화를 그린 깃발)을 걸었던 간(긴 장대)의 지주(받침대)이다. 높이 삼백칠십육 센티미터. 올려다보니 내가 엄청 작다. 사무치도록 이끼와 먼지로 뒤덮여 거뭇한 돌기둥을 보는 느낌은 기다림이었다.

세상 모든 것에는 기다림의 결이 있다고 했다. 사람 성품의 바탕인 마음결이 있고, 물결 바람결 비단결 나뭇결 소릿결 돌결이다. 결은 순리이다. 석공은 돌을 다듬을 때 한 방향으로 흐르는 계곡 물을 생각한기라. 급하게 흘러가다 돌을 만나면 비켜가느라 갈라지는 자리가 물의 결이다. 세찬 물에 부딪쳐

깎여나간 자리가 돌결인 것을. 정과 도드락망치에 손등의 상처가 덧나도 꼼꼼하게 결을 찾는 석공의 손길이 부드럽다.

해인사의 돌기둥은 통일신라 말기에 만든 것이라 전해진다. 길고 네모난 돌기둥 모서리를 매끈하게 다듬고 같은 모양으로 얼개를 만들어 지대석으로 삼았다던가. 굳은살 박이고 부르튼 손으로 영혼을 담아 새겨진 천 년의 넋이 고스란하다. 부처님을 마음속에 담으며 돌을 쪼아놓고 저만치 물러나서 물끄러미 바라보다 다시 다듬고 매만졌나. 윤곽대와 세로띠를 새긴 지주를 기단석으로 감싸고 간대석을 올려놓았네. 지주 안쪽에 나무아미타불이 깊숙하게 오목새김 되어 있고. 글씨는 흘러간 시간의 더께에도 당당하게 보인다.

다른 곳의 당간지주들은 거칠게 다듬은 정 자국을 그대로 두었던데. 모서리도 손을 대다가 만 듯 막돌을 세워 놓은 것을 어디서 보았을꼬. 그것은 멈춤이었다. 멈춤은 나아가기보다 어려울 걸. 나아가는 것은 보태어서 꾸미는 것이므로 끝이 없지. 그러니 해인사의 돌기둥은 마음을 한곳에 모아 고요히 기다리며 생각하는 선禪이었다. 이슬과 바람과 새 소리와 햇볕을 머금었으니 어디에 있는 것이든 으뜸과 버금으로 가리지 못하겠네.

돌기둥 둘레를 에돌며 눈여겨본다. 더러 가까이서 보아야 하는 것이 있고 조금 떨어져서 다른 것들과 어울려 보아야 하는 것도 있으므로. 멀리 있는 산은 그늘이 드리우고 앞산은 햇살을 받아 더욱 뚜렷해졌다.

부처님 말씀을 귀여겨 들을라나. 새 한 마리가 돌기둥 꼭대기에 살풋 내려앉는다. 콕콕 쪼아대다 포르릉 날아오르고 나도 문 없는 일주문을 서붓서붓 지나간다. 따라오는 등 뒤의 길이 또 지워지겠다.

둥 둥, 법고가 운다.

옛 처자를 불러내다

어느 한갓진 날, 조선 시대에 살았던 유섬이(1793~1863)
의 이야기를 듣고 더 깊이 알고 싶어 누리그물 속을 뒤적였다.
유섬이는 신유년(1801, 순조 1) 신유박해 때 전주감영 앞 풍남
문 밖에서 순교한 아버지 유항검과 어머니 신희의 고명딸이었
다. 큰오빠 중철과 둘째오빠 문석, 남동생 일문과 일석이 있었
고 부모와 큰오빠 부부, 둘째오빠가 복자품에 올랐다고 전한
다.

조선의 현행법과 보통법인 대명률에 따라 열다섯 살이 안
된 아이는 관비거나 귀양을 보냈다. 여섯 살 일문과 세 살인
일석은 어디로 보내졌는지 알 수가 없고 아홉 살이었던 유섬

이는 경남 거제부 관비로 귀양을 가게 된다.

신유년 시월 초엿새. 유섬이는 형리를 따라 거제부로 가는 거룻배를 탄다. 뱃전이 흔들릴 때마다 몸속의 살아 있는 모든 것들이 올라오는 것 같아 바닥에 쪼그리고 앉는다. 햇살이 물살 위에서 반짝인다. 견내량을 건너고 타박타박 걸어서 도둑골재와 옥산재를 넘어온 유섬이를 거제 부사가 혼자 사는 김 초시 부인에게 맡겨 살게 한다.

그즈음 거제에는 기침을 심하게 하는 돌림병이 널리 퍼지면서 목숨을 잃는 사람들이 많았다. 김 초시 부인도 숨이 끊어질 듯 기침을 하더니 쓰러지고 어린 유섬이가 나긋나긋하게 돌보아 준다. 달포쯤 지났을까. 자리를 털고 일어난 부인이 유섬이를 그느르고 수양딸을 삼는다.

유섬이는 양어머니한테서 바느질을 배우게 된다. 시침질은 바느질을 시작하기 전 두 장의 옷감이 떨어지거나 밀리지 않도록 듬성듬성 뜨고, 감침질은 둘둘 감듯이 뜬다. 박음질은 바늘땀을 곱걸어서 뜨는데 온박음질과 반박음질로 나뉜다. 공그르기는 구멍을 막는 바느질이었고, 천을 자르고 올이 풀리지 않도록 성기게 감치는 것이 휘갑치기였다.

저고리와 치마를 짓는 바느질이 공그르기다. 숨뜨기라고도 하는데 바늘땀을 숨기면서 뜨는 바느질로 겉감 쪽에서 숨뜨기를 한 번 해준 뒤 안감 쪽에서 숨뜨기를 한 번 더 해준다. 창구멍을 내거나 동정을 달거나 치마 밑단을 숨뜨기로 마무리한다.

바느질을 하면서 속마음을 다스릴 줄 알았고 꼼꼼하여 빈틈이 없었다. 머릿속에 새겨두었던 것을 끄집어내듯 치수를 재거나 종이 옷본과 견주지도 않고 마름질을 하며 자신만의 느낌으로 바느질을 하였다.

윗마을 아랫마을에서 바느질감이 들어왔다. 머리카락 한 올 허투루 빠져나와 있지 않았고 고개를 조금 숙인 채 곱다시 앉아 옷을 지었다. 민저고리나 회장저고리, 박이겹저고리 겹치마 풀치마를 지었다. 솜바지나 누비옷 도포와 두루마기, 어린아이들의 풍차바지도 지었다.

또박또박 바늘땀을 떠나갔다. 참깨 한 알을 심으면 수천 알이 열리듯 바늘 한 땀이 수천 땀으로 이어졌다. 바늘땀을 뜰 때 온몸의 신경과 눈어림은 바늘을 잡고 있는 엄지와 집게손가락에 쏠렸다. 바늘이 그리는 세계는 날선 칼날 같은 선의 세계였다.

꽃답게 피어나는 열여섯 살이 되었다. 숱이 많아 길게 땋아 내린 머리에 어머니가 해준 붉은 갑사댕기를 드렸다. 양지몰 김 도령과 소랑 옥바우 마을 백 도령 집에서 할멈을 보내왔다. 뭇 총각들이 대문 앞을 기웃거렸다.

하룻날 어머니에게 옥산기슭에 돌과 흙을 버무려 동쪽에 햇 빛 한 줄기 들어오는 구멍 하나 내고, 남쪽으로는 바느질감이 거나 밥을 들이밀 수 있는 조그마한 창을 낸 토굴집을 지어달 라고 청한다. 대나무로 촘촘하게 엮어 짠 반짇고리와 이부자 리만 챙겼다. 드나드는 문이 없는 토굴집에서 어머니가 넣어 주는 음식을 먹고 바느질을 하면서 이십오 년을 살았다.

그러구러 양어머니가 세상을 떠났다. 마흔한 살이 된 유섬 이는 토굴집을 허물고 마을로 돌아간다. 삼단 같은 머리카락 이 하얗게 세었고 얼굴도 하얬다. 어머니가 지냈던 따뜻한 방 에서 까무룩 잠이 들었다가 문득 깨었다. 새벽 베개에 온갖 생 각이 찾아들었다. 오뉴월 장마에 흙담 무너지듯 하려는 마음 을 추스른다.

머리를 틀어 올리고 무명 치마저고리를 입었다. 새로이 바느질감을 맡았다. 한 번 바늘을 잡으면 예닐곱 시간을 꼼짝 않고 한자리에 앉아 바느질을 했다. 첫 닭의 울음처럼 어둠을 밀어내는 흰 무명으로 한 폭의 생을 지었다.

손가락에 굳은살이 박이고 어깨가 기울고 등이 구불텅해졌다. 정신이 하리망당해지고 눈에는 자꾸 안개가 끼었다. 밥알이 잘 넘어가지 않았다.

유섬이는 일흔한 살 순결한 처녀로 눈을 감았다. 거제 부사가 비석에 '유처자지묘'라고 새겼다. 무덤은 거제시 내간리 양지 마을 산방산 능선에 있다.

바위그림

옛날, 그 어느 옛날에 생겨난 낭떠러지 바위가 있었다. 경상남도 울산광역시 울주군 언양읍 대곡리의 반구대. 사연호 끝머리에 층을 이룬 바위의 생김이 거북이가 너부죽이 엎드린 것처럼 보여서 붙여진 이름이라네.

무오년(2018) 푸른달 끝자락의 하룻날. 나는 물이 휘감아 돌면서 윤슬이 일렁이는 태화강변의 이쪽에 서 있다. 아주 오래된, 그래서 이야기를 담은 바위그림은 기역 자로 꺾인 안쪽에서 희끄무레하게 이끼 낀 세월을 버텨내고 있었다. 먼 길 되짚어 헤살 떠는 왜바람에 볕살이 그늘을 아부시고 모롱이를 빠져나가는 곳. 만 년 전의 그림 하나하나가 말줄임표다.

팔뚝이 굵은 신석기 시대의 사내들은 바위를 쫄 때 온몸의 느낌을 한곳에 모았을까나. 몸에 푹 익은 솜씨더라. 순한 눈 끔벅거리며 북두갈고리 같은 손으로 차돌 새김칼과 돌도끼를 고쳐 잡고 돌돌 도드락 도드락 콕콕. 쪼고 그으며 여문 바위에 그림을 새겼으니 몽근 돌가루가 뭉게뭉게 일었겠구먼. 돌에도 결이 있다지. 마음결과 물결, 나뭇결처럼 굵은 금과 자잘한 금. 가로와 세로로 난 결. 햇살은 아직 구름에 가리어져 있는 데 서걱거리는 사내들의 머리카락은 올올이 하얘졌겠다.

그림은 면과 선 새김이었다. 면 새김 그림인 고래는 왼쪽에 몰아서 그렸다. 뒤쪽에는 거북 세 마리. 새끼를 등에 업고 있는 어미 고래와 작살이 꽂힌 고래. 바닷말 사이를 헤엄쳐 다니는 고래와 물을 뿜는 고래. 스무 명 남짓한 사내들이 기우뚱거리는 조각배를 타고 배보다 더 큰 고래를 끌고 가는 모습을 오목새김 해놓고. 면 새김에 선 새김을 덧새기기도 하였다. 선 새김 그림은 멧돼지와 호랑이. 뿔 달린 사슴은 울타리 안에 가두어 키운 그림이었다. 호랑이와 사슴은 점박이 무늬다.

한 벌의 누비 두루마기를 갈무리하려면 하루에 예닐곱 시간씩 해도 대여섯 달을 꼬박 바느질에 매달려야 했다. 한 땀 한 땀마다 마음을 모아야 하는데 겨자씨앗 만큼이라도 흐트러지면 촘촘한 바늘땀이 어긋나고 만다. 바늘땀을 뜰 때의 눈길은 온통 엄지와 집게손가락에 쏠린다.

아낙네들은 속어림해보며 봄이거나 초여름에 옷감을 맡겼다. 그래야 겨울이 오면 누비옷을 입을 수 있었으니. 시어른과 남편, 결혼을 앞둔 아들딸들이 벗어 두었던 저고리와 바지, 조끼와 덧저고리, 두루마기를 가져와 그것에 맞추어 옷을 지어 달라고 하였다. 들고 온 누비옷들은 헐겁고 여기저기 실밥이 뜯어져 낡음낡음하였다.

조각 천으로 만든 골무를 중지 마디에 꼈다. 누빌 선을 따라 바늘땀을 뜰 때 물수제비를 뜨는 것과 닮았다. 잔잔하게 흐르는 강물에 몸을 얼마쯤 옆으로 기울여 어깨를 살짝 낮추며 던진 납작한 자갈돌이 물 위를 톰방톰방 튀기어 가면서 파문이 일 듯, 바늘땀이 떠졌다. 팔이 물 위와 거의 평평하도록 견주어 던지면서 물수제비를 뜨듯 바늘땀을 뜨는 것을 누비바느질이라고 했다던가. 오방색 반짇고리를 옆에 두고 바느질을 하던 어린 시절 젊은 어머니의 그림자가 도듬문살에 아슴아슴하게 번져 있었다.

하늘로 날아오르며 까치가 운다. 저절로 생겨난 것만이 머무는 반구대에 푸른 세상을 꿈꾸던 사람들이 살고 있었다는데. 밭은 숨 몰아쉬면서 바다를 누비고, 논밭을 갈아 흙을 뒤적여 농사를 짓는 시대를 열려는 그들의 삶을 바위 폭 구석구석 지문으로 새겼던 사내들. 촘촘하거나 혹은 듬성듬성한 그림을 어그러지지 않고 나누어 두어서 미쁘다. 달이 떠오르면 지친 몸으로 돌아가 눕는다. 달빛이 새김칼과 돌도끼를 내려놓고 움집으로 들어가는 사내들의 통통걸음을 가만가만 지웠을라나.

고래는 먼바다 깊은 곳에서 사는 거제. 물이랑을 넘으며 꼬리치던 등이 검고 배가 흰 범고래. 몸집보다 가슴지느러미가 작은 향유고래. 몸집이 두텁고 물기둥을 브이 자로 높이 올리는 북방긴수염고래. 몸통 여기저기에 사마귀와 같은 기생충이 붙어 있는 혹등고래. 지금도 영영 없어지는 것이 아닌가 걱정되는 귀신고래까지.

장長은 높고 크고 넉넉하다는 뜻을 아우른다고 하던데. 한 가정을 이끌어나가는 가장이란 말이 요즘의 젊은이들에게 도리질을 당할런가 모를레라. 그리하여도 고되고 힘듦이 앞서기에 경건하다. 가장은 가족이 아무 탈 없이 지내기를 바라며 즐거움과 기쁨을 보듬는 흘러간 세월의 울타리였으므로.

춤을 추고 나팔을 불면서 고래가 많이 잡히기를 비는, 수염과 머리카락이 넘실한 반구대의 가장들은 고래를 잡으려 내일도 깃발을 펄럭이며 드넓은 바다로 나간다.

껴묻거리

편편한 곳에 스물셋 고분들이 묵언하는 중인지 결가부좌로 앉아 있다. 경상북도 경주시 황남동 미추 왕릉지구의 고분 공원에 있는 옛 무덤들은 묵직한 세월을 얹고도 푸르고 당당하다. 황남대총은 두 개의 무덤이 남북으로 잇닿은 표주박 모양의 어울무덤(부부총)이다. 남 분을 먼저 만들고 얼마 지나서 북 분을 다듬어 덧붙였다고 한다. 돌무지덧널무덤에 묻힌 사람은 신라 시대를 다스렸다는 마립간(남 분)과 그의 부인(북 분)이라고 전해진다.

돌무지덧널무덤은 나무로 방처럼 네모나게 덧널을 만들어 그 안에 주검을 넣고 덧널 둘레와 위에 돌무지를 쌓아올리고

흙으로 덮었다.

황남대총 황남동 98호 분에서 찾아낸 삼만 오천 점의 유물들을 신라 역사관 전시실에 늘여놓았다. 그렇게 역사는 아득하게 흘러왔다. 온갖 문명이 뿌리를 내리고 수없이 전쟁이 일어나고. 바위를 부수고 둔덕을 깎아내고 웅덩이를 메웠다. 두세 아름이 넘는 웅근 고목이 베어지고 천 년의 물길이 돌려졌다. 그 오랜 시간 헤아릴 수도 없는 보물들이 무덤 속에 묻혀 있었다. 지금 내가 보고 있는 것은 옛날 옛적 이 땅에 살았던 어느 선조의 손때 묻은 물건들이 아니다. 왕과 왕비가 누운 자리에 놓여 있던 껴묻거리였다.

껴묻거리는 주검을 땅에 묻으면서 함께 넣어주는 물품들이다. 이승에서 쓰던 물건들을 묻는 것은 죽은 사람이 저승에 무사히 다다라 그곳에서 행복한 생활을 누리고 기쁨을 즐기라는 뜻이란다. 이 껴묻음은 중기 구석기 시대 무덤에서부터 나타나는 장례 풍속이었다.

무덤은 살아 있을 때의 왕궁처럼 꾸몄다. 저승에서 새롭게 삶을 이어갈 왕과 왕비의 덧널에 금목걸이와 금반지, 금팔찌와 금드리개, 금제고배와 금동신발, 금제관식과 금제허리띠,

금은제 그릇과 유리잔, 말 투구 장식과 청동 검, 말안장 장식과 금은제관모, 크고 작은 항아리 등속과 빗살무늬토기, 온갖 무기와 농기구들을 넣었다.

덧널 안에 등불을 켜놓고 불이 꺼지기 전에 왕이 살아날 시간을 기다리는 방이라고 생각했던 것일까. 산소가 다 타고 저압이 되면 닫힌 공간이었기에 하고많은 껴묻거리가 잘 보존될 수 있었다고 하더라. 그래서 신라 역사관 전시실은 글씨가 보이지 않을 만큼 불빛이 흐릿하다.

핏줄을 이어 태어나는 세대들에게 전해질 수 있었던 것은 어둠을 밝히던 작은 불빛이었다. 한 줄기 불빛이 비추는 곳으로 자국걸음을 옮기려다 돌아가신 아버지를 염하던 모습이 떠오른다.

염이란 거둔다는 뜻으로 시신에 옷을 갈아입히고 나서 베나 이불로 싸는 일이다. 대렴은 운명한 사흘째 되는 날에 소렴한 시신을 다시 옷과 이불로 묶어 관에 넣는다. 사흘째 되는 날에 염하는 것은 혹시 살아나기를 기다리는 효심과 상례에 쓰일 상복이거나 물품을 갖추고, 멀리 있는 겨레붙이들이 참여할 수 있도록 하는 시간 때문이다. 비록 숨이 멎었지만 대렴 이전까지는 죽었다고 믿지 않으려는 예의를 나타냄이었다.

시신을 관에 안치하고 어깨나 다리, 허리가 관 바닥에 닿지 않고 비는 곳에 깨끗한 종이나 마포, 고인이 보통 때 입었던 올실로 만든 옷으로 채워 시신이 흔들리지 않도록 한다. 이를 보공이라 한다는데 아버지의 관 속에는 두루마리 화장지와 명주옷 몇 벌로 빈틈없이 꼭꼭 여몄다.

한 나라의 군왕은 다음 세상을 살아가려고 갖가지 껴묻거리는 말할 것도 없고 순장이라는 이름으로 으뜸덧널에 무예를 익힌 사람이거나 곁에서 잔심부름을 하던 사람과 열예닐곱 살짜리 처녀까지 데려갔다.

혼이 있다고 하는 세상으로 가시는 아버지에게 다섯 자식들은 상여 앞쪽 새끼줄에 노잣돈 꽂아드리고, 상돌 위에 술 한 잔 올리며 큰절 두 번으로 보내드렸다. 불교에서 서쪽으로 십만 억의 국토를 지나면 있다는 아미타불의 세계가 참말로 있는 것인가. 아는 것이 없으니 깨달음을 얻지 못했다.

훗훗한 전시실을 나왔다. 찔레꽃머리의 햇살이 맑다. 먼 미래인 신라를 뒤돌아본다.

떠돌며 쓴 일기를 읽다

경자년(2020) 시월 열나흘, 국립진주박물관 특별 전시실. 대한민국 보물 제1096호. 해주오씨 후손들이 옮겨 쓰고 자루매기로 묶은 일곱 권의 일기장은 아주 먼 앞날 조선의 시간과 지금의 온도를 품고 있었다. 꽃등의 일기는 신묘년(1591, 선조 24)부터 신축년(1601, 선조 34) 이월 스무이레까지 백열한 달 동안 쓴 것으로, 오십일만 구천구백칠십 석 자라고 전한다.

그러고 나서 조선 시대 오희문이 썼다는 그 일기를 읽었다. 신병주 선생이 풀어 쓴 『쇄미록』이란 책이다. 역사가들은 충무공 이순신의 『난중일기』와 서애 류성룡의 『징비록』과 함께 임진왜란 3대 기록물로 꼽는다.

하냥 흘러가는 하루하루를 다잡아보려고 닫혀있던 글머리를 열었다. 양반걸음으로 다가온, 글만 읽어 세상일에 서투르고 깐깐한 조선 선비를 만났다. 몸서리치도록 슬프고 끔찍한 피난살이를 하면서도 그날그날 겪은 일이나 생각한 것들을 어찌 그리 꼼꼼하게 썼을꼬. 어느새 매끄러운 종잇장에서 나는 소리와 읽는 맛은 시간마다 다르게 새겨진다.

신묘년 동짓달 스무이렛날 새벽. 오희문이 한양을 떠나면서 일기가 시작된다. 여러 지역에 흩어져 있는 노비들에게 공물을 거두어들이려고 나선 길이었다. 섣달 열흘, 길을 줄이는 사이사이에 전라도 장수현에서 현감으로 있는 처남 이빈을 만나고. 열여드렛날에는 한 해를 마칠 양식을 얻어서 말에 싣고 헌걸찬 사내종과 한양으로 올려보낸다.

임진년(1592) 이월 스무이틀. 사내종을 경북 성주로 보내 공물을 거두어 오게 한다. 한양을 떠나온 지 네댓 달이 지났을 즈음, 뜻밖에 전쟁 소식을 듣게 된다. 사월 열엿새와 열이렛날은 일본 배 수백 척이 부산포에 닻을 내렸다는 소문이 돌더니만. 저녁나절에는 부산과 동래가 무너졌다는 말이 들려와서 소스라치게 놀랐다고 적고 있다.

오희문은 떼를 지어 돌아다니며 사람을 해치거나 재물을 빼앗는 왜적을 피해 임진년 칠월부터 영취산으로 깊이 들어가 팔십육 일을 산에서 지낸다. 바위 아래에 나무를 얽어 오래 묵을 자리를 만들고 두꺼운 기름종이와 옷가지, 도롱이로 덮었다. 골짜기 안에 머물면서 시냇가에서 잤다거나, 산속에 머물며 바위 아래에서 잤다고 썼다. 구월 스무이틀 장수 관아로 내려오면서 산속 생활은 끝이 난다.

을미년(1595) 유월 초아흐레에는 꼭두새벽에 노비 송노가 농사철인데 흘미죽죽하면서 김도 다 매지 않고 도망친 것에 몹시 분하다고 적었다. 노비를 흠뜽항뚱하여 끊임없이 게으름을 피우고 거짓말도 잘하고 무엇이든 돈이 될 만한 것을 훔쳐 달아나는 자들로 나타내었다. 참되고 부지런한 사내종 막정이가 죽었을 때는 불쌍히 여겨 제사를 지내 주기도.

난리 중이라도 이냥저냥 살아있는 사람들의 삶은 이어진다. 오희문은 일기를 쓰는 십년 남짓한 세월에 자녀의 혼사를 세 번 치른다. 갑오년(1594) 팔월에 함열 현감 신응구와 큰딸이 혼인하였다. 병신년(1596) 오월에 막내아들 윤성이 김백온의 딸과 혼인하였고, 임진왜란이 끝난 경자년(1600) 삼월에 둘째

딸이 김덕민과 혼례를 올린다.

조상들의 봉제사도 자세하게 써놓았다. 아버지(사월 스무아흐레), 조부(시월 초닷새), 증조부(오월 보름), 고조부(삼월 열이틀), 조모(칠월 초사흘), 외조모(이월 스무아흐레), 증조모(시월 열엿새)와 누이 김매, 윤해의 양조모, 장모, 장인, 죽전 숙부, 딸 단아까지 모든 기일과 기제를 기억하고 챙긴다.

전쟁만큼 두려웠던 것은 학질이었다. 학질은 요즘 말로 말라리아인데 사람이 견디지 못할 만큼 사나운 질병이라 해서 붙인 이름이다. 지금도 괴롭거나 힘든 일에서 벗어나느라 진땀을 뺄 때 학을 떼다, 라는 말을 한다. 오희문의 막내딸인 단아가 이 무서운 병에 걸려 정유년(1597) 이월 초하룻날 세상을 뜬다. 자식 잃은 아비의 절절한 마음이 고스란히 담겨있다.

조선 시대에 번졌던 전염병은 역병이라 부를 만큼 꼼짝없이 죽음을 떠올리게 하였다. 오늘날의 이름으로 하면 콜레라와 천연두(마마), 장티푸스, 이질과 홍역이었다. 오희문과 그의 어머니가 이질에 걸려 고생하였고, 여종인 동을비와 큰아들 윤겸의 아이가 이 병으로 죽은 이야기도 나온다.

정유년 이월 스무여드레. 한양에서 별시가 열렸다. 양반 사회에서 과거 급제는 이름을 드날리게 하는 가문의 영광이었다. 별시가 열리는 날 오희문은 세 아들 윤겸, 윤해, 윤함과 집안을 걱정하는 속마음을 쓴다. 요즘의 대학수학능력 시험을 보러 가는 수험생의 뒷모습을 조마조마하게 지켜보는 부모님들과 다르지 않았으니. 같은 해 삼월 열아흐레 한양에서 성균관 사람들이 달려와, 윤겸이 급제했다는 소식을 전한다.

전쟁이 일어나고 있는 틈틈이 오희문은 겨레붙이와 주변 사람들과 가깝게 지내면서 관계를 이어간다. 교통과 통신 기술이 없었던 조선에서 먼 거리에 있는 사람에게 안부나 소식을 전할 수 있는 것은 편지였다. 편지를 전하는 일은 주로 노비가 맡았으며 더러 관아나 아는 사람 편으로 주고받기도 하였다. 을미년 정월 초하룻날 친한 사람에게서 함열로 시집간 딸의 편지와 전복을 받았으며, 이월 아흐레에는 외사촌 남경신이 편지와 말린 밤 두 되를 보내온 것까지 적었다.

손으로 써 보내는 드맑은 편지에는 그 사람의 미쁜 마음과 만남이다. 겉봉에 보낸 사람의 이름을 읽는 순간, 반가움과 고마움에 가슴이 떨리고 잊지 않고 안부를 보내준 것에 기꺼워한다.

오희문은 병신년과 정유년에 충청도 임천군에 머물 때와 신축년 이월 끝 무렵, 강원도 평강현에 머물면서 각다분한 농사를 지었다고 썼다. 그 달 스무엿새와 스무이레, 평강에서 한양으로 돌아가면서 마지막 일기를 쓰고 붓을 놓는다.

쨍한 칼바람에 너나없이 움츠러들고 등 떠밀리는 이 시대, 저만치 달아난 마음을 거두어 와서 고운 볕살도 쬐고. '보잘것없이 떠도는 자의 기록'이란 뜻을 지닌 『쇄미록』을 읽어봄도 좋으리.

첫눈

정사년(1977) 매듭달의 하룻날. 돌 지난 딸아이를 재워 놓고 이불보를 챙겨 골방을 나선다. 길모퉁이를 돌아가면 백 미터쯤 될까 말까 한 곳에 봉제공장이 있다. 솜을 두툼하게 넣고 듬성하니 누빈 웃옷이 만들어지면 실밥을 따고 번호가 적힌 딱지를 떼어내는 일거리를 동네 아낙네들에게 맡기곤 하였다. 옷을 내어올 때 몇 벌인지 세어보고 안으로 들일 때도 가져갔던 개수가 틀림없는지 거듭 센다. 그렇게 해서 받은 삯이 한 장에 육 원이었다.

단발머리의 한 소녀가 여기저기 휘둘러보는 나에게 아지매는 오늘 첨이지예? 오십 장만 가가이소. 한다. 소녀의 말을 귀

넘어 들으면서 백 장을 세어 이불보로 꼭꼭 싸매 머리에 인다.
무겁다.

초등학교를 졸업하고 두려운 마음과 설렘으로 하루 내내 버스와 기차를 번갈아 타며 먼 길을 왔던 열네 살의 소녀. 가까운 겨레붙이 언니의 주소가 적힌 부산진구 범천동을 몇 번이고 물으면서 찾아다녔다. 어린 소녀들에게 남의집살이거나 평화시장의 봉제공장과 전자공장, 가발공장의 생산부만 남아 있었다. 기술을 배워 집안을 돕겠다는 생각으로 봉제공장에 들어갔다. 일이 바쁜 철이면 공장 정문 앞에 견습생 구함, 이라고 쓴 종이가 나붙곤 했다.

그곳에는 소녀의 이름이 없었다. 칠 번 보조 미싱사였다. 우리가 공순이라고 불렀던 소녀는 미싱사의 일을 돕느라 끼니를 거르기도 하고. 재단사의 눈에 들려고 꼼수를 부릴 때도 있다네. 화장실은 하루 한 번 몰아서 간다더라. 시린 어깨 위로 졸음이 몰려오는데 어쩌누. 그래도 세상 모든 것들을 하나로 잇고 싶어서 고향 이야기와 마음을 나눌 수 있는 친구도 사귀었다.

수습생 시절 소녀는 어둠과 엇갈리는 시간이면 졸지 말고 일 잘하라며 주인아저씨가 사다 준 잠 안 오는 약 두 알을 먹는다. 옹차게 서너 달을 지내는 사이 장밋빛 꿈이 자꾸 싹둑싹둑 잘려나갔다. 아직 다 자라지도 않은 나이에 신경성 위장병과 빈혈이라는 병이 기웃거리고. 소녀는 분식집에서 나무젓가락을 쪼개며 엄마를 생각한다.

구름 저편에 구메농사를 짓는 엄마가 있다. 비알밭에 고추 모종을 심고 있는 엄마의 허리가 굽다. 지난밤 왜바람이 불어 모종을 뿌리째 드러내 놓았다. 밭고랑에 둥글게 허리 말아 일일이 잡아당기고 일으켜 세우고 끈으로 묶어 다시 중심을 잡는다. 지독히 썩는 냄새를 풍기는 것들이 있으면 쇠스랑으로 찍어 헤쳐서 말렸다가 거름으로 쓴다.

작업장은 재단판과 스물서너 대의 재봉 대와 거기에 맞붙은 작업 판들이 꽉 들어차 있다. 그 틈서리마다 핏기 잃은 강파른 얼굴들이 저를 단단하게 오므린 채 재봉틀로 곱다시 하루를 돌린다. 뜨거운 김을 훅훅 뿜어내는 무거운 다리미를 들고 옷감이 눋지 않도록 다림질을 해야 꾸지람을 듣지 않는다.

삐거덕거리는 사다리를 타고 다락방을 오르내리며 온갖 잔심부름을 하고 나면 다리가 퉁퉁 붓는다. 천장이 낮아 허리를 펼 수도 없는데 햇빛 한 줄기 들어오지 않는 공장 안은 허연 실 보푸라기가 자욱하게 날아다닌다. 기름 냄새, 땀 냄새, 옷감을 자르고 바느질할 때마다 피어나는 먼지 속에서 지내다 코를 풀면 시커먼 콧물이 나온다.

일을 시작하면 기계가 되었다. 일 분에 백사십 보씩 움직이며 열여섯 시간 일하는 동안은 자신이 사람이라는 것을 잊어버린다. 칠 번이 아니라 부모님이 지어준 예쁜 이름을 되찾는 날을 손꼽는다.

그만두고 다른 공장으로 옮겨볼까. 아무리 생각해도 아는 데가 없다. 어서 기술을 배워 두두룩한 월급봉투를 받아야지, 여기까지 생각하다 그만 작업 판에 엎드려 깜빡 졸았다. 드르륵 득득, 재봉틀 발판을 밟는다. 고샅길을 뒤돌아보며 십리에 한 걸음 오리에 한 걸음으로 걸어온 고향의 산기슭에 들국화가 요리도 이뻤나. 작업반장의 나무라는 소리에도 잠 깨지 않았으면 좋겠다. 엄마와 동생도 만나봐야 하는데….

소녀들에게도 점심시간은 있었다. 더러는 그냥 굶고 드물게는 공장 옥상으로 올라가고 나머지는 한 땀 한 땀 찬바람이 스치는 공단 골목으로 향한다. 분식집 골목은 소녀들의 발걸음에 매달려 산다.

양은냄비보다 빠르게 끓어오르는 다른 소녀들과 겨끔내기로 수다를 떨면서 한통속이 된다. 라면 가락과 함께 풀어지는 그날그날이 식당 아줌마의 손끝에서 김밥으로 도르르 말린다. 입이 구쁜 가족들을 떠올리다 김밥을 목구멍에 넘기지 못한다. 목구멍이란 질기고 슬픈 골목이니까.

엄마의 손은 쉴 새가 없었다. 봄이면 밭고랑에 감자 씨를 묻고 고구마 순을 옮겨 심었다. 상추와 쑥갓과 시금치, 무와 배추 씨를 뿌렸다. 담장 밑에는 호박구덩이를 파고 논두렁에는 콩을 심었다. 뙤약볕이 내리쬐어도 고추밭을 매었고 고부라지게 앙버티고 서서 붉어진 고추를 따고 깻단을 털었다.

그러구러 다섯 해가 지나가고 소녀는 기술자가 되었다. 드르륵거리는 소리가 이명처럼 울린다. 두 귀 쫑긋한 노루발로 촘촘하게 청춘을 박음질했다. 소녀가 한 생을 기운 박음질은 지구를 몇 바퀴 돌리고도 남았을끼라. 노루발로 순간순간 비어져 나가려는 세월을 지그시 누르기도 하고. 구석진 세상 곳곳에 노루발이 만들어 낸 오솔길을 뚜벅뚜벅 걷는다.

범천동에 목화송이 같은 첫눈이 푸지게 내렸다. 겨우내 딸

아이와 나는 기관지염을 앓았다. 그 딸이 지금 마흔여섯이다.
그때의 소녀들도 무시로 관절이 씀벅이는 쉰이거나 예순의 언
저리에 있지 싶다.

왜바람

경상남도 거제시 나무면 갈곶리. 바다를 보고 달려 나가다 느닷없이 우뚝 멈춰버려서 섬이라고 이름 붙였을까. 다른 섬들처럼 기록에 남아 있는 역사가 그다지 길지도 않은 곳. 을유년(1945) 해방이 될 때까지 여덟 해를 일본군들의 기지가 되었다던 지심도.

들물에 드러눕고 날물에 옷자락을 걷어내는 바람은 끈적끈적하거나 따뜻하거나 차갑거나 아주 맵기도 하다. 이야기도 있고 무늬와 깊이도 있으며 한 곳에 가만히 있지를 않고 이리저리 내키는 대로 옮겨 다니는데 무슨 색깔일까. 지나간 자리마다 분홍빛이거나 어두운 잿빛이거나 짙은 황토색을 남겼을라나. 어쩌면 초록색일런가.

세상살이의 모든 것들과 한데 엉켜 웅성거리며 섞이면서도 바람은 풀무질로 머무름이 없이 저만치 앞서 가서 손짓을 한다. 저 홀로 현악기 소리를 내며 자신을 풀어놓아야 생생한 기운을 얻는다. 가는 곳마다 햇살을 해작거린다. 언덕바지에 다문다문 서 있는 소나무들은 삼백예순날 바람을 잠재우려다 휘우듬해졌다.

움푹 들어간 포구에 숨어 있는 듯이 도장포 마을이 보인다. 이곳에 사람이 살기 시작한 것은 조선 시대 현종 때부터였다고 전해진다. 해방이 되고 나서 들어와 사는 김씨, 이씨, 박씨, 전씨, 황씨가 그들의 후손은 아니란다.

김씨 성을 가진 청년에게 시집간 꼭지는 오늘도 바닷물의 흐름 따라 뒤척이는 파도를 가로막고 서서 갈고리로 미역을 딴다. 바다가 뒤집어지는 날이어야 싱싱하고 질 좋은 미역을 딸 수 있다는데. 바람은 늘 빈 가슴을 지나 바다를 일으키고 지친 오후도 밀어낸다. 계미년(2003) 구월, 태풍 매미에 남편은 돌아오지 못했다.

좋은 날씨였다. 돛이 올랐다. 배가 썰물에 갈바람을 받으면서 미끄러지더니 곧 떠났다. 먼 바다로 나가는 사람이나 보내는 사람들의 얼굴에는 희망과 기대가 깃들었다.

고기를 잡으러 떠나는 날짜를 받아놓고 고깃배 주인은 부정을 타지 않도록 깨끗이 목욕하고 몸가짐을 가다듬어 풍신과 용신에 제를 올렸다. 물고기가 많이 잡히고 풍랑이 일어나지 않기를 빌었다. 하늘과 바다가 맞닿는 곳, 솜털구름이 양 떼처럼 피어오르는 희미한 수평선을 바라보며 배는 벌써 가마득하다.

사흘째 되는 날, 구름은 해를 덮고 바람이 딱 그치더니만 너울이 커지고 물컥 갯냄새가 나더라니. 무서운 밤이었다. 비를 몰아치는 바람과 기세를 올려 지르는 바다의 소리와 보이는 것은 하늘로 부풀어 오른 물너울뿐이었다.

꼭지는 살아야 했다. 소금기 절은 목숨, 몇 오라기 미역 줄기로 달랠 때 눈시울에 노을이 번지곤 했다. 설움으로 낱낱이 바래지고 찢긴 닻을 내려두었는데 뱃고동 소리만 들어도 야윈 가슴이 미어진다.

햇살 한 줌씩 끌어안고 미역을 납작납작 눕혔더니 물기 밴 시간들이 꼬들꼬들 말라갔다. 티끌을 떼어내고 뒤집어서 옮겨 놓는 뒤틀린 세월들을 하나둘씩 펼쳐본다. 미역은 짠 눈물 섞어 켜켜이 어둠 속에서 숨을 고른다.

번듯한 문패를 달았던 시절도, 저무는 해가 사립문 그림자를 길게 드리우고 알뜰하게 여문 곡식을 거두어들이던 가을도 있었다. 지금은 서너 평 바람에도 그물코 풀려나가는 오래 된 집에서 산다. 꼭지는 대오리로 엮은 방문 앞에서 깔고 앉았던 생각을 끊어내며 망사리를 징검징검 꿰맨다.

뜬구름이 기웃거리는 서까래 밑에 사는 거미가 초군초군 집을 짓는다. 손마디만큼 공중을 건너기까지 얼마나 오래 붙잡고 있었을까. 세상으로 가는 인연은 자르지 않았는데 혼잣손으로 살다보니 꼭 집어서 줄 하나에 매달만한 세간들이 별로 없다.

앙버티고 선 풍차의 팔랑개비는 꼼짝도 않는데 바람이 냅떠서 달려왔다. 세상은 온통 차갑고 어지럽게 수런대는 바람이었다. 그 아린 왜바람에 꽃잎이 흩어지고 파도가 일고 모래가 꿈틀거렸다. 아득한 바다를 바라본다. 붉은 해가 한순간 지심도 끝자락 바닷속으로 미끄덩, 사라진다.

하늘도 바다도 동백꽃도 붉다.

진주검무

정미년(1967) 중요무형문화재 열두 번째 올려진 「진주검무」는 볼품에서 우리나라 으뜸이다. 지난날 사람들은 최고의 예술을 두고 '어허, 옥당玉堂이로구나!' 하며 무릎을 쳤다. 모두 갖추어져 모자람이거나 흠 하나 없기에. 들이쉬고 내쉬는 숨결마다 어울리는 몸놀림으로 허공과 세월에 닿소리와 홀소리를 새겨 넣는 글씨가 바로 춤이다.

기해년(2019) 타오름달의 서른 날. 잠포록하게 저물 무렵 작은 북소리가 울린다. 획 하나 긋는데 역사의 혼, 민족의 혼이 배어 있다. 예사롭지 않은 춤사위였다. 몸을 비워 춤만 고여 두었는가. 추는 일과 쓰는 일이 닮았는지 춤춤 舞를 하늘에

흘림체로 그려 놓는다.

여덟 명의 꽃 같은 얼굴에 남색 치마와 옥색 회장저고리, 사대를 맨 위에 전복을 입고 홍색 전대를 맨 다음 검은 전립을 덧입었다. 손에는 색동 한삼을 끼웠다. 칼은 한 쌍의 백동으로 칼끝과 자루에는 붉은 비단과 장식수술을 달았다. 악기는 북 장구 대금 해금과 피리 한 쌍이다.

반주는 긴 염불장단과 타령장단 도드리장단 느린 타령장단 허튼 타령장단 자진모리장단이다. 춤사위는 한삼평사위와 배맞추기사위, 숙인사위 앉은사위, 한삼뿌릴사위 쌍어리결삼사위 맨손입춤 방석돌이. 자락사위와 삼진삼퇴, 옆사위 윗사위 외칼사위 쌍칼사위 위엄사위 연풍대 대열풀기로 짜 이룬다.

스스로 한없이 깊어지는 것이 예술이다. 그래서 한 길 사람 속으로 잠긴 시간을 꺼내는 것은 쉬운 일이 아니지. 나이가 들어야 춤이 된다고 하는데 나이 든다고 해서 춤이 되는 것이 아님을 안다. 춤으로 한뉘를 마치는 천 명 중 한 사람, 만 명 중 한 사람이 몸부림쳐 온갖 어려움을 다 겪어낸 끝에 옹골지게 맺은 열매가 명무다. 일생을 손의 힘으로 다듬은 춤, 얼마나 거룩한 시간들을 세월 속에 쏟았을꼬.

진주검무는 화랑의 정신과 논개의 순국 정신을 진주 사람들의 정신과 함께 충효와 절개를 나타낸다. 하늘 천 자로 서서 태산처럼 천천히 움직인다. 보랏빛 패자에 푸른 전모를 눌러 쓰고 모여 앉은 사람들을 향해 바닥에 너부죽 엎드려 절을 한다. 물결이 살랑이고 뜬구름이 흘러가는 몸짓이었다. 발꿈치를 들고 종종걸음으로 호젓이 물러갔다 반가운 듯 환하게 돌아온다.

바람의 무게를 느끼며 한 걸음, 하늘을 올려다보며 한 걸음이다. 사뿐사뿐한 발자국마다 고운 빛 가을 연꽃이 피어난다. 느린 도드리장단에 맨손입춤은 오므렸던 손가락을 활짝 폈을 때 꽃잎이 물 위에 떠서 두둥실 흘러간다.

한삼이 헤쳐 놓은 저 허공 속의 한껏을 그대로 베껴 둘 수도 없는 춤. 섭섭히 소맷자락 붙잡고 헤어짐을 아쉬워하는 춤. 두 칼 잡고 빠른 타령장단에 치고 찌르고 휘두르는 손의 움직임을 눈빨리 따라가건만 허공에 쓴 애달픈 글씨를 지나가는 성난 매가 쪼아 먹을라.

칼은 조상님처럼 모셔야 한다고 했다. 칼을 배꼽 아래에서 움직여선 안 되고 어깨 위로 받들고 춤을 춰야 한다는 뜻이다.

닿소리와 홀소리가 흩어져 안개구름 자욱하다. 찰그랑, 칼 던지고 사뿐히 돌아서는 옛 서라벌 황창무였던 진주검무가 옥 당이다

치미

국립미륵사지유물전시관에 있는 치미鴟尾 앞에 서 있다. 백제 시대의 무왕과 왕비가 세운 미륵사 터에서 파내었다는 치미는 궁궐이거나 다락집, 전통 건물의 용마루 양쪽 끝머리에 얹는 장식 기와다. 이 기와를 얹는 것은 상서로움과 어두운 밤에 하늘에서 나쁜 기운이 서리면 물리쳐 주는 뉨이 담겨있다는 믿음 때문이다.

점토로 만들어진 치미는 아래쪽 가운데에 지붕마루를 포개어 덮어 쌓는 암키와와 연결하는 반원형이나 방형의 구멍이 가로로 패어 있다. 옆쪽은 몸통과 깃을 나누는 굵은 돌대가 있고 안쪽에는 깊숙한 선이나 꽃무늬를 나누어 두었다. 바깥쪽은 봉황의 날개깃과 비슷한 쪼가리들이 층을 이루면서 활 모양으로 길게 뻗어 있다. 앞쪽은 이리저리 굽어 꺾인 능골이 엇바뀌어 있으며 뒤쪽은 연꽃무늬가 드문드문 돋을새김이다. 위로 치솟은 꼬리는 새가 날개깃을 세워 대번에 푸드덕 날아오를 듯하다.

오밀조밀한 어울림이 없으니 부드럽다거나 예쁘진 않아도 쭉쭉 이은 선마다 무거움과 힘이 느껴졌다. 44센티미터 깃 높이에서 한쪽으로 휘우듬하게 기울어지도록 위에 있는 단과 아랫단을 따로 만들어 합친 두 단의 키가 99센티미터라고 적혀 있다.

그 옛날 어느 혜너른 석공이 정을 쪼아가며 도도록한 줄과 무늬를 새겨 놓았을꼬. 성기고 배게, 느리고 자지러지게, 높으락낮으락 소리는 저절로 노랫가락을 이루며 쪼았을까. 꼭꼭 제 자국에 들어가 맞는 쇠와 돌이 부딪치는 소리는 석공의 귀엔 어떤 노랫가락보다 더 아름답고 신이 났겠다. 흥이란 끝이 없이 곱고 한없이 사납고 철석같이 미쁘다가 바람같이 변하더라. 제 손이 닿을 때마다 가늠하느라 목마르거나 배고픈 줄도 몰랐을지도.

석공은 혼신의 힘을 들여 번개같이 망치와 정을 놀리었나. 맑고 찬란한 무지개가 곤두서고 달과 별들이 부서져서 수없는 금점 은점이 소용돌이쳤을지도 모를 일이네. 돌결은 석공의 손아래서 나뭇결보다 더 연하게 밀려졌겠다. 그 묵묵한 점토 기와에 내려앉은 시간 흐름이 서늘하게 다가온다.

백제의 유물 중에 금동 풍탁과 녹유 서까래막새, 연꽃무늬 수막새와 치미를 땅 속에서 파냈다는 것을 익산에 와서 알았다. 치미를 살펴보면서 천 년이 훨씬 지난 그 시대 사내들의 손여물음을 헤아려 본다. 허리춤에 공구들을 차고, 재고 자르고 깎고 다듬어서 일으켜 세우는 팔뚝의 근육이 꿈틀거렸을라나. 그들이 만들어 썼을 듯싶은 생활 도구들이 내 멋대로 요러하고 조런 모양으로 그려진다.

문득 오래전 쉰쯤으로 보이던 한 와공瓦工이 떠오른다. 옛 친정집 터에 전각을 짓는데 하룻날 해 질 무렵이었다. 마무리가 덜 된 용마루 끝에서 그가 잔뜩 웅크린 채 앉아있었다. 무엇인가를 뚫어지게 바라보면서 꼼짝도 하지 않는다. 그는 막노을 속으로 날아오르려는 한 마리 불새처럼 보였다. 저러다 떨어질라, 가슴이 우둔우둔하였다.

전각을 다 짓고 나서 용마루 끝머리에 얹을 기와를 어떤 것으로 해야 좋을지 몰라 웅숭깊게 하느라고 앉아있었었다는 말을 들었던가.

우리가 사는 집은 삼재 사상에 따라 짓는다고 한다. 삼재는 하늘과 땅과 사람이다. 땅은 주춧돌이고 사람은 기둥이며 하늘은 지붕이다. 세상의 모든 복은 하늘에서 온다. 우리 조상들은 가장 뛰어나고 훌륭하거나 높고 거룩한 것은 하늘에 있다고 믿었다. 하늘에 가까운 것이 지붕이고 지붕의 선들이 모두 모나지 않고 부드러운 곡선을 지니고 있는 까닭은 하늘이 둥글고 땅은 모나다는 생각에서다.

사람들은 이따금 하늘을 지붕 삼는다고 한다. 뒤집어 말하면 집이란 하늘을 가릴 지붕이 있어야 하고, 집이 지니는 의미 중에 하늘을 가릴 수 있다는 것이 으뜸이라고 말한다. 비바람을 가리는 것이 집이라면 사람들 의식 속에는 비바람이 옆에서 들이침이 아니라 하늘에서 내려온다고 여긴다.

새롭게 치미를 치훑고 내리훑어 본다. 아무래도 무거워 보인다.

학춤

십장생 병풍에서 날아온 학이었다. 무대가 밝아지면서 시나위가 천천히 펼쳐졌다. 춤이 흐르기 시작한다. 한 올에 휘감긴 시나위는 안개처럼 피어오른다. 두 팔 벌려 무대 위를 거닌다. 몸이 깃털처럼 가벼워 무대는 학의 흔적을 잊는다. 눈이 열리는 시간이었다.

한 발을 들어 올릴 때 기울어짐 없이 꼿꼿하다. 장단에 숨겨진 강함과 약함이 눈곱만큼도 어긋나지 않게 발을 내디뎠다. 가락이 세차게 내달리듯 흘렀는데 첫 박에 힘이 들어갔고 끝박을 빠르게 거두어 다음 몸짓을 갖추어 놓는다. 꼿꼿한 정신이 몸씨에 담담히 담겨 내린다.

그미는 아이를 낳지 못했다. 낯선 동네를 기웃거리며 아들을 낳아줄 여자를 데려와 남편이 자는 방에 밀어 넣고 춤을 추었다. 세 번째 여자다. 날마다 무너져 내리는 가슴을 버겁게 추스르는데 바람이 일었다. 하얀 수건이 하늘로 솟아올랐다가 파르르 떨어진다. 숨소리가 잦아들면 흐트러진 마음을 가다듬는다. 고추 먹은 소리를 늘어놓지 않으려는 꼿꼿한 자세다.

천천히 손을 들어올린다. 오른손엔 흰색, 왼손엔 붉은색 긴 명주 수건을 겹쳐 잡았다가 끝을 내려뜨리는가 싶더니 금세 뿌렸다 받고, 멈췄다가 바닥에 떨어뜨리고 구름처럼 굽이치며 걷는다. 음의 흐름을 한 올 한 올 세며 조금 느리게 공기의 무른 곳으로 스며들어 간다. 공기가 빽빽하게 찬 것도 벽인지라 수건 끝의 선이 드러났고 몇 걸음 떼는데 온몸의 깔끔한 그림자가 그려졌다. 드러냄이 아니라 드러남이었다.

세 번째 여자는 방 하나를 차지하고 남편의 옆자리를 환하게 빛을 내었다. 바람이 불어도 쫀득하게 붙어 있으라고 정수리에 돋아나는 흰 머리 한 올까지 동백기름을 바르고 비녀를 찔렀다. 야윈 손가락 사이에서 수건의 떨림이 각다분했던 그미의 삶 자락을 드러내었다. 넓은 뜰 한가운데서.

잠자리 날개 같은 옷을 입고 추는 학춤은 흔듦이 있었다. 국수를 삶아 찬물에 헹궈 한 가닥 입에 넣었던 그 맛이었다. 두루미처럼 훤칠하게 펼쳐 접고 엇박자로 돋음을 하였다. 큰 걸음을 낼 때는 자로 잰 듯했고 살짝 왼쪽으로 숙이면 기울기가 나왔다.

두 팔을 허리에 얹었다가 하늘로 들어 올렸다가 다시 내려 허리에 얹으면서 우리가 앉은자리를 훑어본다. 마치 학이 모이를 찾아 어르는 양이다.

음이 갑자기 잔 자락으로 몰아치며 힘차게 덧배기 가락을 매기면 춤이 크게 흔들린다. 두 팔로 허벅지를 치면서 하얀 그림자가 튀듯 솟구친다. 왼발로 다시 한 번 뛰어올렸던 오른발을 앞으로 내어들고, 들어 올렸던 두 팔로 둥글게 동그라미를 그린다. 들어 올렸던 오른발을 아래로 내리찍듯이 뛰어 앞으로 뻗으면, 왼발이 뒤로 길게 뻗으며 춤이 한 번 크게 배긴다. 학춤의 으뜸인 배김사위였다.

그미는 외씨버선을 신고 춤을 추었다. 쪽진 가르마가 차갑도록 반듯했다. 하얀 치맛자락 너울거리며 사뿐사뿐, 한 발 한 발 내딛는다. 춤은 한없이 깊어졌다. 맺고 끊음이 뚜렷했기에 자리를 지켜냈다. 봄여름이 가고 코스모스 꽃잎이 홀홀히 떨어지는 날, 그미는 하늘로 솟구쳤다 파르르 내려오는 수건처럼 세상에 닻을 내렸다.

강하고 깊었다. 춤을 보노라면 신선이 산다는 곳을 넘나들며 날던 학이 땅 위에 내려앉은 듯했다. 지홍* 선생의 춤에는 학의 염원이 깃들어 있다. 세상의 온갖 어려움에 부대껴 살아가지만 학처럼 맑고 자유롭게 살고 싶다는 사람들의 바램과 같은.

무술년(2018) 미틈달 초사흘. 이병주문학관을 이명산**이 굽어보더라.

* 중요무형문화재 제82호 진혼무, 학춤 예능보유자.
**경상남도 하동군 북천면 양보면과 사천시 곤양면에 걸쳐 있는 산.

가지무늬 항아리

찔레꽃머리다. 한낮의 달아오른 해가 땅거죽을 팽팽하게 당기며 빛살을 쏟아내었다. 이 땅 위에 사는 모든 것들은 빛살 속에서 살아가므로. 수백 년 된 느티나무와 들판의 벼 포기에도, 검질긴 바랭이와 호박넝쿨에도 빛살이 스며들어 줄기와 이파리마다 푸른 맥이 돈다.

경자년(2020) 누리달 초사흘. 국립진주박물관의 전시실. 선사 시대의 잿빛 토기들을 칸칸이 얹어놓은 높직한 시렁 앞에 섰다. 어깨쯤에 검은빛 가지무늬가 조만하게 돌려 있는 낯선 항아리다. 무늬가 듬성듬성해도 함치르르하다. 진주 남강 유역의 돌널무덤에서 파내었다던가. 껴묻거리로 묻혀 하세월을 견뎌내고도 흐트러짐이 없다.

돌가루가 섞이지 않은 부드럽고 고운 바탕흙으로 만들었다 지. 항아리의 두께는 얄브스름한데 겉쪽을 어찌 저리 윤나게 닦아 두었을꼬. 발로 차야 돌아가는 물레도 없었던 선사 사람 들은 손으로 토기를 빚었다 하고. 맨바닥에 짚풀을 수북이 쌓 아 사이사이에 토기를 넣고 불을 피워 구웠다네.

그리움을 품었는지 아릿하다. 어느 수더분한 여인의 손에서 길든 항아리가 물 위의 윤슬처럼 반짝인다.

어린 시절 기억 속 윤슬은 뒤울안의 짭조름하게 햇장이 익 어가는 장독간에서 보았었지. 항아리의 뚜껑과 불룩하게 나온 허리통이 반짝거렸다. 이가 빠지고 잔금이 간 소금단지. 멸치 젓 푹 곰삭는 오지그릇. 된장독과 자배기, 옹배기와 중두리, 바탱이와 버치, 두멍에 아무 때라도 어머니의 손길이 머문 빛 살이었다. 푸르스름한 새벽에 드맑은 물 한 사발 떠놓고 비손 하던 곳도 항아리 앞이었으니까.

새로이 시렁 위를 올려다본다. 저기, 가지무늬 항아리에 내 풀로 찰랑찰랑 맑은 물을 채우고 소금물에 가라앉혔던 볍씨를 담가 보련다. 살랑바람 한 줄기, 빛살 한 줌 오다 넣고 곱다시 사나흘을 오명가명 물갈이를 해주어야지. 그러고 나서 항아리 속을 살째기 들여다보았더니 부슬비가 발끝을 세우며 지나갔구나. 꽃구름과 햇무리구름도 다녀가고 마당귀의 감나무가지에 오종종 앉았던 참새들은 대숲으로 날아갔네.

촉촉하게 스며든 물기에 볍씨들이 깊은 잠에서 깨어나 눈을 떴다가 감았다가. 간질간질 몸속에 숨겨둔 하얀 발을 꼼지락 내민다. 흙이 묻지 않아 순결하다. 먼 앞날의 작은 항아리 속에서 우주가 싹트고 있는 중이다.

텁수룩한 선사 사내의 발바닥에 흙이 착착 감긴다. 햇볕 잘 드는 움집 옆에서 하루 내내 차진 흙을 꾹꾹 밟다가도 밤이슬이 내리면 잠자리에 든다. 불은 때는 일이야 세 번째이고, 처음도 두 번째도 흙이다. 맛을 보아 입에서 꼬신내가 나야 좋은 흙이란다. 으뜸으로 치는 흙은 비 올 때 발자국을 남겨 놓았다가 맑은 날 발자국이 또렷또렷 찍힌 곳을 파 보면 알 수 있다는구면.

선사 사내들은 농사를 짓게 되면서 세상에 있는 모든 것들이 달라지는 모습을 눈여겨 보았을라나. 빗줄기와 번개, 산 능선, 둥그스름한 움집의 모양이 선으로 나타난다는 사실을. 그

래서 토기를 빚을 때 선으로 새겨 넣은 것이 빗살무늬, 손톱무
늬 세모띠무늬 무지개무늬 생선뼈무늬였다.

항아리는 흙이 집이다. 불을 지핀다. 뜨거움을 온몸으로 견
디며 푼푼하게 익은 가지무늬 항아리의 선은, 여인의 치마 곡
선이었다.

포로수용소에서 온 편지

포로수용소에서 한 통의 편지가 왔다.

　부모님 전 상서

　시소가 복잡하고 추운 겨울이 닥친 이때 부모님께서는 몸 성히 계시옵나이까? 그리고 팔십이 가까운 할머니는 어떠신지, 단 세 식구의 가족일지라도 누구 한 분 벅차게 일할 분 없이 가사에 얽매어 때에 따라서는 갖은 풍파와 고생은 얼마나 계시며 또한 불효 이 자식이래야 단 하나 있는 것 집을 떠난 뒤 부모 된 죄로 하루하루에 닥치는 걱정과 생각은 얼마나 하였겠습니까?

　그러나 저는 집 떠난 이후 아무 몸에 탈 없이 내 고향에서 부모의 따뜻한 사랑을 받을 때와 마찬가지로 지금은 거제도 포로 수용소에서 툭툭한 이불에 적당한 식사의 유엔의 원조로서 몸 건강히 고향의 친구들과 함께 재미있는 장난과 상호간의 정으로써 하루하루 시간 가는 줄 모르게 가까워오는 석방의 기일을 고대하고 있을 따름이니 부모님께서는 아무 걱정 없이 세 식구 둘러앉아 웃음으로 지내는 가정을 이룬다면 타향에 있는 이 불효 자식일지라도 손꼽아 비나이다.

그리고 큰집 가족들은 몸 편히들 계시고 작은형님은 집에 계시는지 걱정이 되며 정다운 큰아버지, 큰어머니, 큰형님은 몸 편히 잘 계십니까? 부디 저의 걱정은 마시고 몸 편히 계십시오. 작년 겨울은 몸 편히 부산에서 지냈고, 올 봄에 부산에서 거제도로 이동 올 때 부산 계시는 고모와 고모부를 만났을 때 뜻밖의 일이라 무한이 울던 그 얼굴이 지금도 사무칩니다. 피난 내려온 누나도 어떻게 해서 고모네 집에 와 있다는 걸 얼핏 들었습니다. 무엇보다 이 자식의 부탁은 몸 성히들 계시다가 제가 돌아갈 때는 할머니 그리고 아버지와 어머니를 만나 화락한 가정을 이루게 된다면 얼마나 좋겠습니까? 그리고 혼자 있는 아주머니가 그 여식 애를 데리고 얼마나 고생이겠습니까? 그리고 정

다운 동리 사람들에게 안부 드리며 이만 그칩니다. 몸 편히 계
십시오.

1951년(4281년) 12월 13일

자식 봉출 씀

임진년(1952) 정월 하룻날. 겉봉투에 검열을 거쳤다는 도장
이 또렷하게 찍혀 있었다. 그 아래쪽 날짜는 보름이 지난 섣달
스무여드레로 되어 있는 이 편지는, 뜻밖에도 한국전쟁이 한
창이던 무렵 포로수용소에서 고향에 계신 부모님께 보낸 편
지였다.

거제도 제62 수용소 3대대 4중대 4소대, 번호 52203번. 보
낸 이는 권봉출, 받는 사람은 경북 예천에 사는 그의 아버지
권주선. 또박또박 쓴 글씨로 이쪽저쪽 주소는 한자였고 글월
은 한글이었다.

신묘년(1951) 섣달 열사흘은 그가 부산에서 의용군으로 붙
들려 거제도로 옮겨간 지 일 년이 지난 뒤였다. 휴전 회담이
열리고도 다섯 달이 지났으나 포로 송환 문제를 둘러싸고 흘
미죽죽 실랑이만 벌이고 있어 전쟁이 언제 끝날지 알 수가 없

었다. 이 편지는 아마도 해를 넘겨 임진년 정월쯤에 그의 부모 님에게 전해졌으리라.

수용소 생활은 열일곱 살의 학생이 견디기엔 어려움이 많았을 텐데도 편지에는, 무서울 만큼 눈을 희번덕이며 살펴보는 감시망이 몹시 엄하여 힘들다는 말 한마디도 쓰지 않았다. 툭툭한 이불에 편히 잘 지내고 있으니 걱정하지 마시라고 썼다. 하루빨리 풀려나서 고향으로 돌아가면 따뜻하고 즐거운 가정을 이루고픈 희망을 적어 놓았다.

권봉출은 일제 강점기인 임신년(1932) 사월, 예천에서 태어났다. 가족으로는 농사를 짓는 아버지와 어머니 강만순, 여덟 살 많은 누나 권수기가 있었다. 그는 해방이 되고 대한민국 정부가 세워지기 전인 무자년(1948) 칠월, 예천 서부공립초등학교를 졸업하고 공립농업중학교에 다녔다. 전쟁이 일어나던 경인년(1950)엔 농업중학교 3학년이었다.

십칠만 명을 가둔 포로수용소가 들어선 것은 신묘년 이월이었다. 주민들이 살던 집과 논밭을 억지로 넘겨받아 수천 개의 천막을 세웠다고 전해진다.

바다는, 시퍼런 물보라를 이리저리 뒤채면서 거친 숨을 쉬었다. 메스껍고 어지러웠다. 해가 바다 속으로 잠기면 비좁은 천막에서 갈치잠이 들곤 했다. 무거운 몸을 바닥에 눕히는 순간, 솟구쳐 오른 저 물기둥이 그대로 덮칠 것만 같았다. 아침에 눈을 뜨면 달팽이만 한 천막에 웅크린 자신이 자꾸 낯설어져 풀쳐 생각으로 마음을 다잡았다.

어찌 알았으랴. 그해 여름의 끝자락은 등 뒤에서 불어오는 섬뜩한 바람이었고, 진저리쳐지고 타버릴 것처럼 화끈거리던 살갗의 쓰라림을. 진달래꽃, 복사꽃이 자지러지게 피는 계절이 오면 고향으로 돌아갈 수 있으려나.

이듬해 봄은 더디게 왔다. 개나리꽃이 느릿느릿 피었다 지는 걸 바라보니 세월이 십 년, 이십 년 그렇게 흐른 것만 같다. 봄비가 내리다 그치고 개구리가 겨울잠에서 깨어나더니 천막 위로 마른바람이 며칠 머물다 갔다. 삼월이 가고 사월이 왔는데도 아직 봄은 오지 않았다.

신현읍(고현동) 고현리 산 능선에 용이 승천하는 듯한 바위가 솟아 있는 계룡산 동쪽 자락. 해진 신발을 끌면서라도 애면글면 찾아오는 겨레붙이 하나 없다. 처음에는 먹구름이 떠다니는 하늘을 보기가 두려워 그늘 깊은 땅속으로 젖은 발을 내리던 풀뿌리들이었다.

우리는 숫접고 여린 풀뿌리 의용군 그대들이 애타게 부르짖는 목쉰 소리를 듣지 않았고 따신 국밥 한 그릇 말아주지 못하였다. 닭똥 같은 눈물 펑펑 쏟았을 권봉출 아까운 젊음아! 계사년(1953) 유월 열여드렛날, 이승만 대통령이 반공 포로들을 자유롭게 내보낸다고 세상에 알렸을 때 고향 친구들과 잰걸음으로 빠져나갔는지. 휴전 협정을 맺은 뒤 올바른 심사를 받고 예천으로 돌아갔는지 알지 못하여 못내 가슴이 아리다.

찔레꽃머리

손정란 수필집